크
리
스
마
스
트
리

크리스마스트리

Charles Dickens

찰스 디킨스

보즈의 스케치

크리스마스트리

초판 1쇄 인쇄   2014년 11월 25일
초판 1쇄 발행   2014년 12월 10일

지은이   찰스 디킨스
옮긴이   이창호
펴낸곳   보즈의 스케치
펴낸이   권기남

편집   B612 북스
디자인   전아름

주소   경기 고양시 일산동구 일산로30, 1322호
전화   031) 912-4607   팩스   031) 912-4608
E-mail   b612books@naver.com
홈페이지   blog.naver.com/b612books
출판등록일 2014년 11월 06일(제396-2014-000203호)

ISBN 979-11-954082-0-7 (03840)

질병과 슬픔이 있는 이세상에서 우리를 강하게 살도록
만드는 것은 웃음과 유머밖에 없다.

*There is nothing in the world so irresistibly contagious as
laughter and good humor.*

차례

크리스마스트리

Christmas Tree

내 앞에 앉은 작은 키의 예쁜 소녀는 그 옆의 또 다른 예쁜 친구에게 이렇게 속삭였다.
"이 세상의 모든 것이 이 트리에 다 있어. 아니 그보다 더 많아."

나는 오늘 저녁 예쁜 독일 장난감이라 불리는 크리스마스트리 주위에 모여 즐거워하는 한 무리의 아이들을 보고 있었다. 이 크리스마스트리는 크고 둥근 탁자 중앙에 놓여 있었는데 아이들의 머리보다 훨씬 높았다. 길고 가느다란 수많은 양초가 환하게 크리스마스를 밝히고 트리에 달린 모든 장식품이 그 빛을 받아 반짝거렸다. 장밋빛 볼을 한 채 초록 잎사귀들 뒤에 숨어 있는 인형, 크리스마스트리의 잔가지에 매달려 달랑거리는 (떼고 붙일 수 있는 시곗바늘과 한 번 감으면 영원히 사용할 것 같은) 진짜 시계들이며 트리의 큼지막한 가지 끝자락에는 광을 듬뿍 낸 탁자, 의자, 침대 틀, 옷장, 8일에 한 번 감는 태엽 시계, 그리고 (울버햄턴에서 양철로 멋지게 만든) 다양한 가정용 가구들이 마치 요정들의 살림살이처럼 매달려 있었다. 넓적한 얼굴에 행복한 미소를 가득 머금은 작은 인형들은 진짜 사람보다 더 행복해 보였는데, 이 인형들의 머리를 열면 눈깔사탕으로 가득 채워져 있었다. 또한, 크리스마스트리에는 바이올린, 드럼, 탬버린, 책, 공구 상자, 화장품 상자, 사탕 상자, 요지경 상자 등 온갖 종류의 상자도 매달려 있었다. 어린 숙녀를 위한 소 장신구는 어른들이 쓰는 금이나 보석 장식품보다 훨씬 더 반짝였다. 이런 상자 안에는 반짇고리와 바늘꽂이가 들어 있다. 이것으로 끝이 아니다. 총, 검, 깃발, 판지로 만든 마법의 반지를 낀 점치는 마녀, 네모 팽이, 윙윙 소리를 내는 팽이, 바늘 상자, 펜 닦게, 냄새를 맡으면 정신이 번쩍 드는 약병, 말을 주고받는 카드, 꽃다발 꽃이, 금으로 만든 잎에서 인공적인 빛을 휘황찬란하게 내뿜는 진짜 과일, 놀랄만한 것들로 배가 채워진 모조 사과, 배, 호두도 있었다. 내 앞에 앉은 작은 키의 예쁜 소녀는 그 옆의 또 다른 예쁜 친구에게 이렇게 속삭였다. "이 세상의 모든 것이 이 트리에 다 있어. 아니 그보다 더 많아." 마법의 과일처럼 나무에 주렁주렁 매달려 사방에서 빛을 받아 반짝이는—몇몇 아이들은 다이아몬드 같은 눈망울로 트리를 올려다보며 감탄했고 어떤 아이들은 예쁜 엄마, 이모, 보모의 품에 안겨 소심하게 놀라움을 표현하며 가슴 졸였다—이 잡동사니들은 어린 시절의 환상을 또렷이 되살아나게 했다. 그리고 나는 이 나무들이 어디에서 어떻게 자랐기에 이런 크리스마스트리가 되어 이렇게 멋진 장식품들을 가지게 되었을까 하고 곰곰이 생각해 보았다.

지금 나는 다시 집으로 돌아와 유일하게 깨어 있다. 거부하고 싶지 않은 어린 시절의 강한 매력이 나를 그때로 데려 간다. 그러다 문득 어린 시절을 생각나게 하는 크리스마스트리를 보며 사람들은 어떤 생각을 할지 궁금해지기 시작했다.

내 방 중앙에는 곧게 뻗은 그늘진 나무 한 그루가 벽과 낮은 천장으로 사방이 막혀 성장의 자유를 누리지 못한 채 서 있다. 나는 제일 꼭대기 부분의 꿈같은 반짝거림을 올려다보며—이 나무가 대지를 향해 뿌리를 내리며 자라는 것처럼 보였기 때문에—어린 시절 크리스마스의 추억을 떠올린다.

먼저 눈에 띈 건 장난감들이다. 저기 초록색 호랑가시나무 붉은 열매 사이로 주머니에 손을 쑤셔 넣은 오뚝이 인형 하나가 보인다. 오뚝이는 바닥에 내려놓으면 눕지 않으려고 이리저리 고집스럽게 둥근 몸집을 굴리다가 결국 멈춰 선다. 그리고 바닷가재 같은 눈으로 나를 쳐다보았다. 그럴 때면 나는 짐짓 웃는 척하지만 마음속에서는 불안함이 가시질 않는다. 오뚝이 곡예사 바로 옆에는 무시무시한 코담배 상자가 있는데, 이 상자 안에서는 검은 가운을 입은 귀신같은 참사관이 튀어나왔다. 혐오스러운 머리털에 붉은 천으로 만든 입을 떡 벌리고 있어서 참으로 봐주기 역겹지만 치워본들 소용없다. 전혀 예상치도 못한 때에 **거대한 코담배 상자**로 꿈속에 나타나기 때문이다. 꼬리에 구두 수선용 왁스를 바른 개구리도 마찬가지다. 어디로 튈지 알 수가 없다. 양초 위로 튀어 올라 초록 바탕의 점박이 등이 누군가의 손 위에 떨어지면 참으로 끔찍했다. 같은 나뭇가지 위에는 푸른 실크 치마를 입은 판지로 만든 숙녀 인형도 매달려 있다. 춤을 추기 위해 촛대를 마주하고 서 있는데 앞의 장난감보다는 좀 더 얌전하고 아름다운 모습이다. 하지만 좀 더 큰 판지로 만든 총각 인형은 그렇지 않았다. 늘 벽을 마주한 채 매달려 있던 그는 줄을 당기면 딸려왔고 코에서는 사악함이 묻어났다. 다리로 자신의 목을 감을 때면—그는 종종 그렇게 했다—섬뜩하기까지 해서 단둘이 있고 싶지 않은 대상이었다.

그 흉한 마스크가 날 처음 본 게 언제였던가? 이 마스크를 쓴 사람은 대체 누구이며, 나는 왜 또 그렇게 겁을 먹고 평생 이 마스크의 기억을 지워내지 못했을까? 가면 자체가 흉물스러웠던 건 아니다. 사람들은 차라리 우스꽝스럽다고 했다. 그런데 난 왜 그 표정 없는 모습을 참을 수가 없었을까? 분명한 것은 그 마스크가 사람의 본래 얼굴을 감추기 때문에 무서웠던 건 아니란 것이다. 저 앞치마도 마스크처럼 몸을 가리지 않는가? 앞치마도 치워버렸어야 했는데 그렇게 하지 못했다. 마스크만큼 참을 수 없는 존재는 아니었으니까. 얼굴에서 벗겨지지 않았기 때문에 마스크가 그렇게 싫었던 걸까? 그 마스크는 인형의 얼굴에 붙어 떨어지지 않았다. 얼굴도 분리되는 것은 아니었다. 하지만 나는 그 인형의 **얼굴이 무서웠던 적은 없었다**. 그 얼굴을 가린 마스크의 무표정이 이 세상 모든 사람의 얼굴에 나타날 거란 두려움과 암시 때문에 내 심장이 요동친 것일까? 어떤 것도 내 두려움을 달래지는 못했다. 손잡이를 돌리면 구슬프게 찍찍거리며 새 소리를 내는 드럼 연주자도, 평행사변형 집게 위에 한 명씩 자리를 잡고 무언의 밴드 소리에 맞춰 상자 밖으로 행진해 나오는 병사들도, 철사와 갈색 포장지로 만들어진 노인 한 분이 두 명의 작은 아이들에게 파이 한 조각을 잘라 주는 모습에서도 내 마음의 평온은 오랫동안 회복되지 않았다. 마스크를 보는 것도, 그것이 종이로 만들어졌다는 것을 알게 되었던 것도, 아무도 그 마스크를 쓰지 못하게 확실히 가둬 놨다는 것도 나에게 만족을 주지 못했다. 그 마스크의 무표정함이 스치듯 떠오르거나 이 세상에 그것이 존재한다는 생각만 해도 한밤중에 공포로 식은땀을 흘리며 잠에서 깨어 "아, 오고 있는 게… 보여. 아… 그 마스크가!"라고 소리를 질렀다.

어렸을 때는 양쪽에 짐 바구니를 메고 있던 사랑스러운 늙은 당나귀—저기 있구나!—가 무엇으로 만들어졌는지 전혀 궁금하지 않았다. 하지만 손으로 만져본 그 당나귀의 가죽은 진짜였던 것으로 기억한다. 몸 전체가 붉은 반점으로 덮인 그 큰 흑마—내가 탈 수 있는 크기였다—가 왜 그 이상한 곳에 오게 되었는지도 궁금하지 않았다. 심지어 뉴마켓에서 흔히 볼 수 없는 말이란 것도 생각해 보지 않았다. 흑마 옆에는 무색의 네 마리 말들이 치즈로 만든 마차 안에 있었는데, 꺼내서 피아노 아래 마구간에 넣어 둘 수 있었다. 이 말들의 꼬리와 갈기 털은 어깨 모피 걸이 조각들로 만들어졌고 다리 대신 핀으로 고정되어 있었다. 하지만 크리스마스 선물로 처음 집에 왔을 때는 상태가 괜찮았다. 마구(馬具)도 지금처럼 가슴에 못질이 되어 있지는 않았다. 나는 음악 마차의 딸랑거리는 장치가 새의 깃으로 된 이쑤시개와 철사로 만들어졌다는 것을 알았다. 셔츠 차림의 작은 곡예사는 쉬지 않고 한쪽 나무 틀 위로 기어 올라갔다가 머리를 앞으로 곤두박질치며 다른 쪽으로 내려왔다. 마음씨는 좋아 보였지만 어딘가 모르게 소심해 보인다고 항상 생각했다. 하지만 그 옆에 있는 야곱의 사다리[1] 장난감은 엄청나게 놀랍고도 큰 기쁨을 주는 물건이었다. 이 야곱의 사다리 장난감은 직사각형의 붉은 나무 조각으로 만들어져 있었는데 네모 조각들이 아래위로 뒤집혀 달가닥 소리를 내며 새로운 그림들을 만들어냈다. 거기다가 작은 종까지 울려대면 사다리 전체에 생동

감이 느껴졌다.

아! 인형의 집이다. 주인은 아니지만 내가 방문했던 곳이다. 그곳에 있는 저택은 진짜 유리창과 계단 그리고 요즘 것보다 훨씬 푸른색의 발코니에다 전면이 돌로 장식되어 있어서(하지만 분수대는 조잡한 모조품 같았다) 국회 의사당과 비교해도 손색없을 정도였다. 난데없이 저택의 정면이 한꺼번에 열렸지만—진짜 계단이 있다는 것은 충격이었다—곧 다시 닫히고 말았다. 정면이 열렸을 때 분리된 각각의 방 3개가 보였다. 우아하게 장식한 하나의 거실과 침실 그리고 주방이 있었는데 그중 주방이 제일 멋졌다. 주방에는 보기 드문 난로용 집기들과 아주 작은 여러 가지 주방 도구—아, 침대를 데우는 다리미도 있다!—가 있었고 옆모습이 보이는 양철로 만든 요리사는 언제나 물고기 두 마리를 튀기려고 준비 중이었다. 실물처럼 보이는 햄이나 칠면조 같은 진미들이 나무 접시마다 아교로 단단히 고정되어 있었고, 이끼로 짐작되는 녹색 물체가 그 위에 고명으로 얹혔다. 푸짐한 잔칫상이었다. 하지만 그건 버머사이드의 잔칫상2일 뿐이지 않은가! 요즘의—하나로 통합된—절주협회는 나에게 저 작은 푸른색 그릇으로 예전에 먹었던 차라도 한 잔 대접해줄 수 있을까? 나는 그 작은 푸른색 그릇에 독한 술(내 기억에 그 술은 작은 나무통에서 나왔고 성냥 맛이 났던 것으로 기억한다)이나 차 혹은 과일

즙을 담기도 했었다. 그리고 저 작고 시원찮은 설탕 집게의 두 다리가 마치 펀치[3]의 손처럼 힘없이 엇갈려서 제구실을 못 한들 그게 무슨 문제가 될까? 예전에 펄펄 끓는 차에 우연히 빠진 작은 찻숟가락을 함께 마시는 바람에 독에 감염된 아이처럼 비명을 지르며 귀족 친구를 흠씬 두들겨 팬 적도 있었지만, 가루약에 비하면 아무것도 아니었다.

다음 가지 위에는 초록색의 땅 고르는 기계와 아주 작은 여러 원예 도구들 옆으로 책들이 축 늘어져 있었는데 어찌나 두툼해 보이는지! 처음에 얇았던 책은 숫자가 많아진 데다 적색과 녹색의 매끄러운 표지까지 더해져서 엄청나게 두꺼워졌다. 시작되는 검은 글씨 또한 어떻게나 두껍던지! 'A는 궁수(Archery)였고, 그 궁수는 개구리를 쏘았다.'[4] 당연히 그는 궁수니까. 그 궁수는 또한 애플파이(Apple Pie)이기도 하다. 궁수이며 애플파이인 그는 생전에 아주 많은 것들이었다. A이니까! 친구 몇 명을 빼면 대부분이 그와 같았다. 하지만 X는 다재다능하지 못했다. 나는 Y가 요트(Yacht)나 주목 나무(Yew Tree) 외에 다른 것으로 사용된 걸 본 적이 없다. 마찬가지로 X는 크세르크세스(Xerxes)[5] 또는 크산티페(Xantippe)[6]로만 사용되었다. Z는 영원히 얼룩말(Zebra)이나 웃긴 사람(Zany)에 묶인 채 그 사슬을 벗어나지 못했다. 하지만 지금은 크리스마스트리 자체가 변해서 콩 나무—잭이 거인의 집으로 타고 올라갔던 신기한 그 콩 나무—가 되었다. 그리고 어깨 위에 몽둥이를 맨 끔찍하게도 흥미로운 쌍두의 거인들이 저녁 먹잇감으로 기사들과 숙녀들의 머리채를 잡아끌고 큰 가지들을 헤치며 성큼성큼 걸어간다. 참으로 숭고한 잭, 그는 날카로운 검을 차고 날쌘 신발을 신고 있다. 그를 올려다보니 오래된 기억들이 떠오르고, 내 마음속에서는 그런 잭이 한 명만 있었던 것은 아니라거나—그게 가능하다고 믿고 싶지 않지만—책에 기록된 업적을 이룬 진짜 존경할 만한 잭은 한 명밖에 없다는 논쟁이 벌어진다.

크리스마스에는 붉은색 망토가 잘 어울린다. 어느 크리스마스이브에 그 **빨간 망토를 두른 소녀가** 나를 찾아온다. 소녀는 바구니를 들고 크리스마스트리 자체가 숲이 된 길을 따라 나를 찾아온다. 그리고 변장을 하고, 할머니를 잡아먹고도 간에 기별이 가지 않았는지 이빨에 대해 흉포한 농담을 건넨 후 자신도 삼켜 버린 늑대의 잔인함과 기만에 대해 알려준다. 그 소녀가 나의 첫사랑이었다. 나는 빨간 망토를 두른 소녀와 결혼할 수 있다면 완전한 축복을 알게 될 것이라고 생각했다. 하지만 그럴 수 없었다. 내가 그녀에게 해줄 수 있는 거라곤 저기 노아의 방주 안에 있는 늑대를 찾아내서 식사 대기 줄 맨 마지막에 세워 굴욕을 맛 보이는 게 전부였다. 아! 그런데 노아의 방주가! 방주를 욕조에 넣었더니 항해하기에 적합하지가 않았다. 동물들은 좁은 방주 지붕에 가득 몰려 제대로 자리를 잡지 못한 상태였다. 그때 방주 지붕의 완전하게 조여지지 않은 철사 잠금쇠로 인해 동물 중 열에 아홉이 문에서 굴러떨어졌다. 하지만 그 반대의 동물도 있지 않은가! 코끼리보다 한두 치수 작은 당당한 파리, 무당벌레, 나비를 생각해 보라. 모두가 걸작이다! 거위를 생각해 보라. 발이 너무 작아서 균형 잡기가 힘들었던 거위는 매번 앞으로 꼬꾸라져 다른 동물들을 넘어뜨렸다. 멍청한 담배 채우는 기구 같은 노아와 그의 가족들을 생각해 보라. 표범의 손가락은 따뜻하게 하려고 달라붙고, 몸집이 큰 동물들의 꼬리는 약해져서 천천히 끈 조각들로 분해되어 버렸다.

쉿! 다시 숲으로 돌아왔다. 누군가 나무 위에 있다. 로빈 후드도 발렌타인도 노란 난쟁이[7]도 아니다(나는 노란 난쟁이를 지나쳤고 번치 엄마[8]의 기적에 대해서도 언급하지 않았다). 그는 눈부신 언월도(偃月刀)를 들고 터번을 쓴 동방의 왕이다. 오, 맙소사! 그의 어깨너머에 또 한 명이 있는 것으로 보아 동방의 왕은 두 명이다. 새까만 거인 한 명이 크리스마스트리 발치의 잔디 위에 길게 몸을 뻗고 잠을 잔다. 그의 머리는 어떤 숙녀의 무릎에 놓여 있고 그들 가까이에 네 개의 반짝이는 금속 자물쇠로 꽉 닫힌 유리 상자 하나가 놓여 있다. 그곳은 거인이 잠에서 깨면 숙녀를 잡아 가두는 곳이다. 지금 보니 거인의 허리띠에 네 개의 열쇠가 보인다. 숙녀가 트리 사이에 숨어 있는 두 명의 동방의 왕에게 신호를 보낸다. 왕들이 조용히 그 나무 아래로 내려온다. 이것이 바로 눈부신 아라비안나이트의 도입부이다.

아, 이제 평범한 모든 것들이 굉장한 것이 되어 날 매료시킨다. 모든 램프가 훌륭하고 모든 반지가 행운의 부적이다. 흙이 약간 덮인 흔한 화분들도 보물로 가득 차 있다. 트리는 알리바바가 몸을 숨기기에 좋은 곳이다. 쇠고기 스테이크가 다이아몬드 계곡 밑으로 던져지면 이 귀한 보석들이 스테이크에 달라붙는다. 독수리들이 스테이크를 낚아채서 자신들의 둥지로 가지고 가면 장사꾼들은 크게 소리를 질러 독수리들을 쫓아낸다. 타르트 파이는 부소라 거리의 회교도 고관 아들의 요리법으로 만들어진다. 이 아들은 속바지 차림으로 다마스쿠스 성문에 버려진 후 빵을 만드는 요리사가 되었다. 구두 수선공들은 모두가 무스타파코들이다. 이들은 네 동강이 난 사람들을 꿰매는 버릇이 있는데, 사람들은 눈이 가려진 채 이들에게 끌려간다. 마법사와 작은 난로와 악령의 마법이 들어오기만을 기다리는 동굴의 문에는 쇠고리가 달려 있다. 이 문이 열리면 온 세상이 흔들릴 것이다. 수입된 모든 대추야자는 한 상인이 이 나무의

껍질로 마법사 지니의 앞 못 보는 아들의 눈을 때려 쓰러뜨렸다는 저 불운의 나무에서 나온 것이다. 신선한 열매가 주렁주렁 매달린 올리브 나무는 이슬람 대교주가 우연히 엿들은, 한 소년이 사기를 치는 올리브 무역상을 모의재판에 처한다는 이야기 속의 과일 바구니에 있던 것이다. 사과는 어떤 소년이 술탄의 정원사로부터 스팽글 세 개를 주고 산 사과(다른 두 개의 사과와 함께)와 같은 것이다. 그런데 키가 큰 흑인 아이가 그 소년에게서 사과를 훔쳐가 버렸다. 개들은 모두 빵집의 계산대로 뛰어올라 나쁜 돈에 앞발을 올리는 그 개—진짜 사람으로 변신한—를 연상케 한다. 모든 쌀은 끔찍한 여자가 먹었던 쌀알을 생각나게 한다. 그 여자는 사람의 사체를 먹는 악귀인데 묘지에서 저녁 만찬을 먹기 위해 쌀을 한 알씩 한 알씩 쪼아 먹는다. 나의 흔들 목마—아, 저기 있구나! 혈통을 보여주기 위해 콧구멍을 뒤집어 까고—는 손잡이가 달려 있어서 페르시아 왕자를 싣고 왕의 궁전에서 놀던 목마처럼 날아갈 수가 있다.

그렇다! 나의 크리스마스트리 가지에 달린 모든 장식물에서는 요정의 빛이 보인다. 춥고 어두운 겨울 아침, 동이 틀 무렵 침대에서 일어나 서리 낀 창틀 밖으로 어둑한 백설을 볼 때 디나르자드의 목소리가 들린다. "언니, 언니, 일어났으면 **검은 섬의 젊은 왕** 얘기를 마저 해주세요, 부탁이에요." 셰헤라자드가 대답한다. "동생아, 나의 신이신 술탄님께서 나에게 하루를 더 살게 해주신다면 그뿐만 아니라 더 놀라운 얘기들도 많이 해줄 텐데." 그리고 자비로운 술탄이 처형 명령을 내리지 않아서 우리 셋은 다시 안도의 한숨을 내쉰다.

이제 내 크리스마스트리 꼭대기 나뭇잎 속에 웅크리고 있던 엄청난 하나의 악몽이 보이기 시작한다. 그 악몽은 칠면조, 푸딩, 민스파이와 연관된 것일 때도 있고 무인도의 로빈슨 크루소, 원숭이들 사이의 필립 퀴릴,[9] 발로 선생님과 함께 사는 샌포드와 머튼,[10] 번치 엄마 그리고 그 가면들과 뒤죽박죽 섞인 공상에서 나온 것일 때도 있다. 아니면 상상과 지나치게 조작된 생각들이 소화불량을 일으킨 결과 일지도 모른다. 하지만 왜 그렇게 그 악몽들이 무서웠는지 그 이유는 잘 모르겠다. 하지만 무서웠다는 것만은 분명하다. 형체 없이 숨어 있는 사물들의 집합체를 무서워했던 것은 분명하다. 나는 어릴 때 (장난감 병정의 무게를 지탱해 주던) 신축(伸縮) 집게에 숨어 있던 형체 없는 사물들이 천천히 내 눈앞으로 다가오다가 다시 저 뒤로 멀리 물러가는 것을 볼 때면, 특히 내 눈에 바짝 다가왔을 때, 정말 끔찍했다. 이런 악몽을 떠올리니, 끝나지 않을 것처럼 길고 길었던 겨울밤이 생각난다. 그때 나는 작은 잘못을 저지른 벌로 일찍 침대로 돌아가야 했다. 이틀 밤을 잔 것 같은 기분으로 2

시간 후 깨어난 나는, 동이 트지 않을 것 같은 절망감과 무거운 죄책감에 가슴이 짓눌렸던 기억이 있다.

그리고 지금, 나는 거대한 초록 커튼 앞에서 바닥으로부터 멋진 한 줄의 작은 빛들이 부드럽게 떠오르는 것을 본다. 이제 종 하나가 울리고—이 종소리는 내 귀에 마법의 종소리처럼 들린다—사람들의 웅성거림 속에 음악이 흐르며 오렌지 껍질[11]과 기름 냄새가 풍긴다. 곧이어 마법의 종이 음악을 멈추라고 명령하면 위대한 초록의 커튼이 장엄하게 막을 올리며 연극이 시작된다. 몽타르지의 충성스러운 개[12]가 봉디 숲 속에서 살해당한 주인의 죽음을 복수한다. 딸기코에 아주 작은 모자를 쓴 익살스러운 농부는 (너무 오래되었지만 내 기억에 그는 마을 주막의 종업원이었거나 마부였던 것 같다)—나는 이때부터 그를 나의 절친한 친구로 삼기로 했다—그 개의 대담무쌍 함이 정말 놀랍다고 말한다. 이 연극의 익살스러운 비유들은 다른 어떤 농담보다 내 기억에 항상 생생하게 살아 숨 쉬며 죽을 때까지 불멸할 것이다. 또 나는 지금 제인 쇼어[13]의 불쌍함에 비참한 눈물을 흘린다. 아래위로 흰옷을 입고 밑으로 처진 갈색 머리에 굶주린 배를 안고 거리를 걸어갔던 제인 쇼어. 조지 번웰[14]이 이 세상에서 가장 훌륭했던 그의 삼촌을 어떻게 살해하게 되었는지, 그 후 너무나 후회스러워 그 사실을 털어놓을 수밖에 없었다는 것을 알고 나는 또 격렬하게 눈물을 흘린다. 무언극이여 위대한 무언극이여, 어서 와서 나를 위로해 주게나—광대들이 장전된 회반죽을 별자리처럼 빛나는 샹들리에 속으로 던질 때, 온통 순금의 비늘로 덮인 할리퀸들이 멋진 물고기 마냥 몸을 비틀며 빛을 낼 때, (나의 할아버지와 비교해도 전혀 불경스럽지 않은) 늙은 광대 팬털룬이 그의 주머니에 시뻘겋게 달아오른 부지깽이를 넣고 "여기 누가 오고 있다!"라고 소리치거나 "네가 그러는 걸 봤어!"라고 하며 광대 크라운을 좀도둑놈으로 몰아세울 때, 모든 것이 너무 쉽게 어떤 것이든 될 수 있었을 때, "그렇게 할 수 있는 건 생각뿐이지"[15]라고 말할 때. 또한, 나는—내일 따분하고 변화 없는 세상으로 돌아갈 수 없다는, 내가 떠나온 그 밝은 곳에서 영원히 살고 싶다는, 작은 요정과 함께 천상의 이발소 간판 기둥 같은 지팡이와 요정의 영원한 생명을 가지고 작은 요정을 맹목적으로 사랑하고 싶다는—주로 사후세계로 회귀하는 그런 음울한 기분을 처음으로 경험한다. 내 눈이 크리스마스트리의 가지들을 헤맬 때, 아! 그 요정은 온갖 모습으로 나에게 다시 돌아온다. 하지만 온 만큼 또 떠나가고 내 곁에 머물지 않는다.

우울함을 벗어나, 저기 기쁨이 샘솟는 인형 극장이다. 앞쪽의 친숙한 무대와 특별석에 깃털 의상을 입은 숙녀들이 있다. 인형 극장의 인형들은 「방앗간 주인과 일꾼들」 「엘리자베스」

또는 「시베리아의 망명」을 무대에 올리기 위해 풀, 아교, 점성 고무, 수채물감으로 분장하고 있다. 항상 따라다니는 한두 개의 사고와 실수에도 (특히 존경받는 퀠머의 자리 배치가 잘못되거나 극적인 장면에 몇몇 등장인물이 쓰러지거나 몸을 웅크리는 실수) 불구하고, 상상으로 충만한 세상인 데다 너무도 도발적이고 모든 것을 받아 주기에 나는 낮에도 저 트리 아래쪽 어둡고 불결한 곳에서 진짜 극장을 본다. 그건 가장 희귀한 꽃들로 꾸민 가장 신선한 화관으로 장식되어 있고 여전히 나를 매료시키기 때문이다.

쉬! 잘 들어보라! 웨이츠 악단의 연주 소리가 들린다. 그리고 나의 어린아이 같은 잠을 깨운다. 크리스마스트리 위로 크리스마스캐럴이 울려 퍼질 때 나는 무슨 생각을 하는가? 다른 어떤 생각보다 먼저, 한참 먼저, 내 작은 침대 주위로 모여드는 생각이 있다. 들판에 무리 지어 있는 목동들에게 말을 하는 천사, 고개를 들고 별 하나를 따라가는 몇 명의 여행자들, 돌보는 이의 품속에 있는 한 아기, 그리고 한 남자아이는 광활한 사원에서 위엄 있는 한 남자와 얘기를 나누고 있다. 순하고 아름다운 얼굴을 가진 엄숙한 하나의 형체가 죽은 여자아이의 손을 들어 올린다. 그는 다시 도시 성문 가까이에서 상여에 누워 있는 과부의 아들을 환생시킨다. 한 무리의 사람들은 그 남자가 앉아 있는 방의 뚫린 지붕을 통해 그 남자가 줄로 아픈 사람을 침대 위에 내려놓는 것을 본다. 그는 폭풍우 속에서 바다 위를 걸어 배로 가고 다시 해변으로 돌아와 수많은 사람에게 가르침을 준다. 그의 무릎에 한 아이가 앉자 다른 아이들이 그 주위를 둘러쌌다. 그리고 장님이 눈을 뜨고 벙어리가 말문을 트고 귀머거리는 귀를 열었다. 아픈 사람은 건강해지고 절름발이는 걸을 수 있으며 무지한 사람은 총명해진다. 그는 무장 병사들이 지켜보는 가운데 십자가에서 죽어간다. 짙은 암흑이 몰려오며 대지가 요동치기 시작하고 단 하나의 목소리가 들린다. "그들을 용서하소서, 그들은 그들이 무엇을 하는지 알지 못하나이다."

내 크리스마스트리 아래에는 좀 더 자란 가지들이 있다. 아직도 이곳에는 크리스마스의 추억들이 빼곡히 들어찼다. 덮여 있는 교과서들, 침묵을 지키고 있는 오비디우스와 베르길리우스의 시집,16 자신만만하고 무례했던 질문 때문에 오랫동안 펴보지 않았던 비례법과 오손도손 모여 있는—모두 깨지고, 금이 가고, 잉크가 묻은—책상과 물건들이 있던 장소에 무대가 마련되어 있지만 테렌스와 플라우투스17는 이제 무대에 오르지 않는다. 사람들이 밟아서 뭉개진 잔디 향기와 저녁 공기 속에 부드러워진 외침 소리가 밴 크리켓용 방망이, 기둥, 공도 그 옆에 세워져 있다. 나의 크리스마스트리는 여전히 싱싱하고 활기차다. 내가 크리스마스에 다시 고향 집으로 돌아오지 않더라도 세상이 돌아가는 한 소년들과 소녀들은 여기 있을 것이다(하느님, 감사합니다!). 그리고 그들은 정말 그렇다. 그들은 저기 내 크리스마스트리 위에서 즐겁게 춤추며 논다. 그들에게 신의 은총이 있기를. 그리고 나의 심장 또한 즐겁게 춤을 춘다.

나는 크리스마스에 꼭 고향 집을 찾는다. 우리 모두가 그렇게 하며 그렇게 하는 것이 맞다. 우리 모두는 짧은 크리스마스 동안—길면 길수록 더 좋을 것이다—휴식을 취하고 휴식을 주기 위해 산술 석판으로 공부하던 멋진 기숙학교를 떠나 집으로 돌아온다. 돌아오는 것이 당연하다. 우리가 가고자 한다면, 지금껏 가보지 못한 곳 가려 했던 곳 그 어디라도 갈 수 있다. 우리의 상상 여행은 크리스마스트리에서 시작되지 않던가!

저 멀리 겨울 풍경 속으로 떠나 보자. 트리에는 그런 것들이 참 많다. 낮게 깔린 안개 낀 땅을 옆으로 장애물과 안개를 지나 긴 구릉 위로 반짝이는 별을 가릴 만큼 빽빽한 숲 사이 동굴 같은 칠흑의 어둠을 뚫고 나와 저택의 넓은 진입로 앞에서 걸음을 멈춘다. 그 저택 대문의 종소리는 서리 낀 차가운 공기 속에서 깊으면서도 조금은 끔찍한 소리를 내고 경첩이 달린 문은 앞뒤로 흔들리며 열린다. 그리고 그 집의 문을 향해 다가갈수록 창문에 깜빡이는 불빛이 더욱 커진다. 나무들은 장엄하게 뒤로 쓰러지며 우리에게 길을 내준다. 온종일 겁먹은 산토

끼가 간격을 두고 튀어나와 눈 덮인 잔디밭을 가로질러 달리거
나, 토끼가 아니면 사슴 떼가 멀리서 된서리를 밟는 달그락거
리는 소리로 짧게나마 침묵을 깬다. 그들은 지금 양치식물들
아래 숨어 마치 얼어버린 이슬방울이 잎사귀에 떨어지듯이 반
짝이는 눈으로 우리를 경계하고 있을지도 모른다. 우리가 그
들을 볼 수 있다면 말이다. 하지만 그들은 꼼짝도 하지 않고 있
다. 모든 것이 움직이지 않는다. 그렇게 창가에 깜빡이는 불빛
은 커져만 가고 우리 앞에 있던 나무들은 뒤에서 쓰러져 우리
가 온 길을 막아 버린다. 마치 우리를 돌아가지 못하게 하려는
것 같다. 그래서 우리는 그 집으로 향한다.

언제나 이맘때면 군밤 냄새처럼 마음에 위안을 주는 좋은 것
들이 있을 것이다. 그건 지금 우리가 크리스마스 난로 주위에
둘러앉아 겨울 이야기—유령 이야기 또는 좀 더 부끄러운 이야
기—를 하고 있기 때문이다. 그래서 우리는 난로 쪽으로 좀 더
가까이 자리를 옮길 때 말고는 조금도 움직이지 않는다. 그러
나 그건 중요하지 않다. 우리는 그 집에 도착했다. 오래된 이
집에는 멋진 굴뚝이 있는데 낡은 벽난로 받침대 위의 장작들이
그 굴뚝을 따라 타올랐다. 참나무로 된 벽의 패널에는 무서운
초상화들이—몇 개의 초상화에는 음침한 전설이 담겨 있다—의
심스럽게도 낮게 매달려 있었다. 우리는 중년의 귀족이다. 집

주인과 손님들과 더불어 푸짐한 저녁을 먹고 침대로 간다. 우리의 방도 아주 오래된 방이다. 방에는 태피스트리가 걸려 있다. 우리 방 벽난로 위에는 녹색 옷을 입은 어떤 기사의 초상화가 걸려 있는데 마음에 들지는 않는다. 천장에는 거대한 흑색 대들보가 보인다. 또한, 거대한 흑색 침대 틀의 발판은 두 개의 거대한 검은색 인물 형상이 떠받치고 있다. 이 인물 조각은 우리의 특별한 잠자리를 위해 남작의 교회 공원묘지에서 온 것 같다. 하지만 우리는 미신을 믿는 귀족이 아니므로 신경 쓰지 않는다. 좋아! 우리는 하인을 물리고, 문을 잠그고, 실내복으로 갈아입고 난로 앞에서 이런저런 생각에 빠진다. 한참이 지나서야 우리는 잠자리에 든다. 이거 참! 잠이 오지 않는다. 몸부림을 쳐보지만 잠이 오지 않는다. 벽난로의 불씨는 발작하듯 꺼졌다 켜지기를 반복하며 방을 공포로 몰아넣는다. 침대보 위로 그 두 개의 검은 형체들, 그리고 그 기사의 초상화—녹색 옷을 입은 데다 사악하게 생겼다—를 힐끔거리며 쳐다보지 않을 수 없다. 깜박이는 불빛 때문에 마치 왔다 갔다 하는 것처럼 보인다. 절대 미신을 믿지 않는 귀족이지만, 썩 기분 좋은 것들은 아니다. 이거 참! 긴장된다. 점점 더 긴장된다. 우리는 "이건 말도 안 되지만 견딜 수가 없군! 아픈 척해서 누군가를 깨워야겠어."라고 말한다. 이런, 막 그렇게 하려고 할 때 잠겼던 문이 열린다. 죽은 듯 창백한 얼굴과 길게 정리된 머리카락을 한 젊은 여자가 안으로 들어와서 난로 쪽으로 미끄러지듯 다가간다. 그리고 우리가 방금 떠나온 그 의자에 앉아 손을 움켜쥔다. 그때 우리는 그녀의 옷이 젖은 것을 알아차린다. 우리의 혀는 입천장에 착 달라붙어 말을 할 수가 없다. 하지만 그녀를 자세히 관찰한다. 그녀의 옷은 젖어 있고 긴 머리카락에는 물기에 젖은 진흙이 튀어 있다. 200년 전의 옷차림을 한 그녀의 거들에는 녹슨 열쇠 꾸러미가 매달려 있다. 어이쿠! 그녀가 저기 앉는다. 우리는 기절을 할 수도 없다. 우리는 그런 상태다. 지금 그녀는 일어나 서 있고 녹슨 열쇠로 그 방의 자물쇠를 따려고 한다. 그런데 맞는 열쇠가 하나도 없다. 그때 그녀는 녹색 옷의 그 기사 초상화에 시선을 고정하고 낮고 끔찍한 목소리로 이렇게 말한다. "그 수사슴을 알고 있지!" 이런 말을 한 다음 여자는 다시 손을 꽉 움켜쥐고 침대 머리맡을 지나 문을 나간다. 서둘러 실내복으로 갈아입은 우리는 권총을 (우리는 여행할 때마다 권총을 반드시 가지고 다닌다) 거머쥐고 그녀를 따라간다. 그런데 문이 잠겨 있다. 열쇠로 문을 열고 나가 어두운 복도를 주시한다. 아무도 없다. 이리저리 돌아다니며 하인을 찾으려 애쓴다. 하지만 찾을 수 없다. 우리는 동이 틀 때까지 복도를 서성거린다. 그리고 아무도 없는 우리의 방으로 돌아와 잠에 빠진다. 빛나는 햇살과 하인(그는 어떤 유령도 보지 못했다)이 우리를 깨운다. 이런! 우리의 아침 식사 시간은 끔찍했다. 모든 사람이 우리의 몰골이 말이 아니라고 한다. 아침을 먹은 후 주인과 함께 집을 한 바퀴 돌아본다. 그리고 우리는 녹색 옷을 입은 기사 초상화 앞으로 주인을 데리고 간다. 그때 모든 것이 밝혀진다. 그 기사는 한때 그 가족의 어린 하녀에게—아름답기로 소문이 났었다—부정한 짓을 저지르고 그녀를 연못에 빠뜨려 죽였다. 수사슴이 연못의 물을 마시지 않으려 했기 때문에 그녀의 시체는 오랜 시간이 흐른 뒤에야 발견되었다. 그때부터 그녀는 밤마다 그 집을 서성이며—특히 그 기사가 늘 잠들던 방으로 간다—녹슨 열쇠로 그 방문을 열려고 한다는 소문이 있다. 우리가 목격한 것을 주인에게 말하자 그의 얼굴에 검은 그림자가 드리운다. 그는 우리에게 그 일을 비밀로 해달라고 부탁한다. 그래서 우리는 그러기로 한다. 하지만 모든 것은 사실이다. 그리고 우리는 죽기 전에—지금 우리는 산 사람이 아니다—비밀을 지킬 사람에게만 이 얘기를 해주었다.

이 집은 끝이 없다. 복도에서는 소리가 울리고, 침실은 음울하며, 집에 붙은 건물들은 귀신에 씌어 오래도록 잠겨 있다. 우리가 등을 빳빳이 세우고 기분 좋게 이리저리 걸어 다니다가 많은 유령과 마주칠지도 모르지만, (이 말은 해둘 필요가 있을 것 같

다) 유령들은 별반 다르지 않다. 유령들은 독창성이 없어서 다닌 길로만 **다니기** 때문이다. 그래서 어떤 특정한 오래된 복도의 특정한 길만 지나간다. 어떤 사악한 영주, 준남작, 기사, 또는 신사가 총으로 자살한 후 흘린 피가 **지워지지 않은** 바닥의 특정한 판자 길만 지나간다. 당신들도 현재의 집주인이 지금껏 그랬듯 피의 흔적을 문지르고 또 문질러 지워보거나, 아니면 그의 아버지가 한 것처럼 목판을 대고 또 대어 볼 수도 있고, 아니면 그의 할아버지가 한 것처럼 솔로 문지르고 또 문질러 볼 수 있거나, 아니면 그의 증조할아버지가 했듯이 강한 산을 뿌려 피 묻은 바닥을 태워버릴 수도 있겠지만, 핏자국은 항상 똑같이 남아 있다. 더 선명해지지도 더 옅어지지도 않고 그대로 남아 있을 것이다. 이런 유령이 씐 집의 문은 절대 열리지도 않고 또 어떤 문은 절대 닫히지도 않고 유령의 소리—바퀴 돌아가는 소리, 망치 소리, 발걸음 소리, 울음소리, 한숨 소리, 말의 발걸음 소리, 또는 쇠줄이 달가닥하는 소리—만 들린다. 또는 한 가정의 가장이 죽음을 맞는 자정에 탑시계가 13번을 울리거나, 사람이 죽을 때 누군가는 마구간 뜰 대문 가까이에 어슴푸레한 요지부동의 검은 마차가 기다리는 것을 꼭 목격하게 된다. 그래서 메리 부인의 이야기도 생겨났다. 메리 부인은 스코틀랜드 고산지대에 위치한 한 저택을 방문했다. 긴 여

정으로 지친 메리 부인은 일찍 잠자리에 들었다. 다음 날 아침 그녀는 식탁에서 아무것도 모른 채 이렇게 말했다. "지난 늦은 밤 이 외딴곳에서 파티가 있었는데… 잠자리에 들기 전 내게 파티에 대해 말해 준 사람이 아무도 없었다니… 참으로 이상한 일이네요." 그러자 그곳에 있던 모든 사람이 그게 무슨 말이냐고 메리 부인에게 물었다. 메리 부인은 이렇게 대답했다. "이런, 마차들이 밤새 내 방 창문 아래에 있는 테라스를 계속 돌던 걸요." 이 말을 듣고 집주인과 안주인의 얼굴이 창백하게 변했고, 맥두들 가의 찰스 맥두들이 메리 부인에게 그만하라는 신호를 보냈다. 모두가 조용해졌다. 아침 식사 후에 찰스 맥두들은 테라스에서 덜거덕거리는 마차 소리가 나면 사람이 죽는다는 믿음이 이 집안에 내려온다고 메리 부인에게 말해 주었다. 그 믿음은 증명되었다. 2개월 후 그 저택의 안주인이 죽었다. 그리고 왕국의 대표 시녀였던 메리 부인은 이 이야기를 늙은 샬럿 여왕[18]에게 자주 해주었는데, 늙은 왕[19]도 그 이야기를 들은 적이 있었기 때문에 항상 이렇게 말했다. "어, 뭐라고? 뭐? 그런 건 없다. 그런 건 없고말고!" 그 왕은 죽을 때까지 이 말만 계속했다고 한다.

또 이런 일도 있다. 우리가 이름만 들으면 알 만한 사람은 대학 시절에 특이한 친구 한 명이 있었다. 이 젊은 대학생 친구는 죽은 후 영혼이 이 세상에 다시 돌아올 수 있다면 둘 중 먼저 죽는 친구가 다른 친구를 다시 찾아오자고 그와 약속했다. 시간이 흘러 두 친구는 이 약속은 잊어버린 채 뿔뿔이 흩어져 각자의 삶을 살았다. 그런데 오랜 시간이 흐른 후 잉글랜드 북부 지역에 살던 우리의 친구는 어느 날 요크셔 황야의 한 시골 주막에 머무르게 되었다. 우연히 침실 창문 밖을 내다보게 되었는데 그의 오랜 대학 친구가 달빛이 비치는 창가 책상에 몸을 기댄 채 자신을 뚫어지게 응시하고 있는 것을 보았다. 엄숙한 표정의 그 친구는 속삭이는 투로, 하지만 들을 수 있는 크기로 말했다. "가가이 오지 마. 난 죽은 사람이야. 약속을 지키기 위해서 왔어. 다른 세상에서 왔지. 이건 비밀로 해주게." 그리고 그의 모습은 희미해졌고—본 대로 말하자면—달빛 속으로 녹아내려 사라졌다.

이런 이야기는 또 있다. 그림 같이 고풍스러운 엘리자베스풍 저택에 딸이 한 명 살았는데 우리 동네에서는 아주 유명한 아가씨였다. 그녀에 대해 들어본 적이 있는가? 못 들어 봤다고, 이런! 땅거미 지는 어느 여름 저녁, 그녀는 정원의 꽃을 따기 위해 밖으로 나갔다. 그 당시 그녀는 단지 17살의 아름다운 소녀였다. 그런데 그 소녀는 이내 겁에 질려 아버지가 있는 건물 안 복도로 달려왔다. 그리고 이렇게 말했다. "아, 아버지. 나와 똑같이 생긴 사람을 봤어요." 아버지는 그녀를 두 팔로 껴안고 그것은 상상일 뿐이라고 말했다. 그러나 그녀는 말했다. "어, 아니에요. 넓은 산책로에서 그 사람을 봤다니까요. 또 다른 내가 창백한 얼굴로 시든 꽃을 따고 있었어요. 고개를 돌려 보니 손에 꽃을 들고 있었어요." 그리고 그날 그 소녀는 죽었다. 그녀에 대한 여러 소문이 퍼지기 시작했고 아직도 그 이야기는 계속되고 있다. 사람들은 지금까지도 그 소녀가 이 집의 벽 어딘가에서 나타난다고 말한다.

또 다른 이야기는 내 형수의 삼촌 이야기다. 그는 어느 해질 무렵, 저녁이 무르익었을 때 집에서 말을 타고 있었다. 그는 집에서 가까운 비포장 오솔길에서 말을 달리고 있었는데 어떤 사람이 좁은 길 중앙, 자신의 앞쪽에 서 있는 것을 보았다. "망토를 입은 저 남자는 왜 저기 있는 거지? 말을 태워 달라는 걸까?" 그는 이렇게 생각했다. 하지만 그 사람은 움직임이 없었다. 옴짝달싹하지 않는 그를 보고 이상한 느낌이 들었지만, 말의 속도를 늦춰 앞으로 다가갔다. 말의 등자에 닿을 만큼 그와 가까워졌을 때 말이 겁을 먹고 주춤거렸고, 그 사람은 이 세상 것 같지 않은 특이한 방식으로 비탈을 미끄러지듯 올라간 후 발은 전혀 사용하지 않고 뒤로 스르륵 사라졌다. 내 형수의 삼촌은 "오, 맙소사! 봄베이에 있는 사촌 해리잖아!"라고 소리친

후 말에 박차를 가했다. 말이 갑자기 땀을 비 오듯 흘렸고 그 이상한 행동에 놀란 그는 재빨리 집으로 말을 달렸다. 집에 도착했을 때 똑같은 모습의 사촌 해리가 응접실의 열려 있는 프랑스식 창문을 지나가고 있었다. 그는 말에게 씌우는 굴레를 하인에게 집어 던지고 서둘러 그 사람을 쫓아갔다. 그의 여동생이 거기에 앉아 있었다. "엘리스, 사촌 해리 어디 있어?" "사촌 해리, 존 해리 말하는 거야" "그래 봄베이에 사는 사촌 말이야. 방금 오솔길에서 그를 만났어, 곧장 여기로 들어오는 걸 봤다고." 누구도 그런 사람을 보지 못했다. 나중에야 밝혀졌지만, 바로 그 순간 사촌 해리는 인도에서 죽음을 맞이했다.

또 다른 이야기는 99세의 나이로 죽은 미혼 부인의 이야기인데, 죽는 순간까지 정신이 말짱했기 때문에 그 고아 소년을 보았다는 말은 사실이다. 이 이야기는 보통 잘못 전해지고 있는데, 정확한 이야기는 이렇다(그녀는 우리와 먼 친척이니 우리 가족의 이야기인 셈이다). 그녀는 40대가 되었을 때도 나이에 비해 흔치 않은 미인이었다(사랑하는 사람이 젊었을 때 죽은 이후로 많은 구혼을 받았지만 결혼하지 않았다). 그녀는 인도 상인인 오빠가 켄트 지역에 새로 산 집에서 머물기 위해 그곳으로 갔다. 그 장소는 소년의 후견인이 한때 위탁을 받아 관리하던 곳이었는데, 후견인이 다음 상속자인 소년을 가혹하고도 잔인하게 살해했다는 이야기가 전해졌다. 그녀는 이 이야기에 대해 전혀 알지 못했다. 그녀의 방에 후견인이 늘 소년을 가둬 두었던 우리 같은 것이 있다는 얘기도 있었다. 하지만 그런 것은 없었고 단지 벽장뿐이었다. 그날 저녁 그녀는 잠자리에 들었고 아무런 일도 일어나지 않았다. 아침에 하녀가 들어왔을 때 그녀가 차분하게 말했다. "밤새 저 벽장 안에서 밖을 내다보던 쓸쓸한 표정의 예쁘게 생긴 아이는 도대체 누군가요?" 하녀는 크게 비명을 지르는 것으로 대답을 대신했고 서둘러 방을 나갔다. 놀라긴 했지만, 그녀는 대단한 정신력을 가진 여자였다. 그녀는 옷을 입고 아래층으로 내려가 오빠와 함께 밀담을 나누었다. 그녀가 말했다. "월터 오빠, 밤새 내 방 벽장에서 밖을 쳐다보던 예쁘지만 슬퍼 보이는 아이 때문에 잠을 잘 수가 없었어요. 그 벽장문은 열리지 않았어요. 이건 날 골탕먹이려는 장난이에요." 오빠가 말했다. "샬럿, 그런 것 같지는 않구나. 이 집에는 전설이 하나 내려온단다. 고아 소년에 관한 것이지. 그가 어떻게 했니?" 그녀가 이렇게 말했다. "문을 가만히 열고는 밖을 봤어요. 가끔 방 안쪽으로 한 발짝 또는 두 발짝 발을 들여 놓기도 했고요. 그때 난 그에게 용기를 내서 밖으로 나오라고 소리쳤죠. 그러면 그는 놀라서 몸을 움츠리고 다시 벽장으로 기어들어 가서 문을 잠갔어요." 오빠가 말했다. "샬럿, 그 벽장은 다른 방과 연결되어 있지 않단다. 못질이 되어 막혀 있지." 그건 부정할 수 없는 사실이었다. 안을 검사하기 위해 그 벽장문을 여는데 두 명의 목수가 그날 오전 내내 고생만 했기 때문이다. 그리고 그녀는 그날 저녁 고아 소년을 보았던 것만으로 만족해야 했다(다시는 보지 못했다). 이 이야기에서 터무니없고 끔찍한 부분은 그녀 오빠의 세 아들 모두가 그 고아 소년을 보았다는 것이다. 그리고 그의 아들 모두가 어린 나이에 연달아 죽었다. 이 아이들은 병에 걸리기 12시간 전에 온몸이 불덩어리가 되어 집으로 돌아왔다. 아이들은 엄마에게 목초지의 어떤 참나무 아래에서 이상한 소년─약간 소심해 보이는, 예쁘지만 슬퍼 보이는 아이가 놀자고 신호를 보냈다─과 함께 놀았다고 얘기했고, 이 치명적인 경험이 있은 후 부모들은 그 아이가 고아 소년이라는 것과 고아 소년이 놀이 친구로 선택한 아이들은 반드시 죽게 된다는 사실을 알게 되었다.

레지온은 독일의 성 이름이다. 그곳에서 우리는 유령을 기다리며 외롭게 앉아 있다. 우리는 하나의 방을 안내받고 비교적 즐거운 환대를 받는다. 불을 피우고 딱딱 소리를 내는 난로 옆 텅 빈 벽에 드리운 그림자를 힐끔거린다. 마을의 주점 주인과 그의 예쁜 딸이 새 장작더미를 난로에 얹고 저녁으로 작은 탁자에 차갑게 식은 구운 수탉 요리, 빵, 포도, 오래된 라인산

⒞ 포도주병을 차려 주고 나가면 우리는 매우 적적함을 느낀다. 그들이 나갈 때마다 문은 음침한 천둥 종소리를 내며 닫힌다. 밤이 되면 채 몇 시간도 안 돼 초자연적이고 불가사의한 여러 가지 일들이 일어나는 곳이다. 레지온은 독일 학생들이 많은 시간을 보내는 곳이기도 하다. 우리는 이 학생들 사이에서 난로 가까이에 자리를 잡기 위해 당겨 앉는다. 이때 저 구석진 곳의 한 학생이 눈을 크게 뜨고, 자기가 점찍어 둔 휴대용 발판의자 쪽으로 쏜살같이 날아온다. 이때 우연인지 모르겠지만, 문이 바람에 휙 하고 열린다. 우리의 크리스마스트리 꼭대기에는 열매가 주렁주렁 매달려 밝은 빛을 내뿜고, 대부분 꽃을 피우고, 큰 가지에는 잘 익은 과일들도 달렸다.

나중에 걸린 장난감들과 장식물들 속에서도—주로 별 볼 일 없고 조잡한 것들이다—한때 크리스마스 저녁에 듣던 웨이츠 악단의 달콤한 음악과 함께 떠오르던 이미지들이 절대 변하지 않게 하자! 사람들과 함께했던 크리스마스의 추억들로 내 어린 시절의 착한 모습들이 변하지 않게 하자! 크리스마스가 가져다주는 즐거운 이미지와 회상 속에서 가난한 지붕 위에 앉아 있던 저 밝은 별들이 하느님의 모든 세상을 비추는 별이 되기를……! 잠깐만 멈추자! 오, 내가 보기에 저 사라져가는 크리스마스트리 아래 가지는 아직 어두워 보인다. 다시 한 번 더 보자! 가지에 비어 있는 곳이 있다. 그곳은 내가 지금껏 사랑해 왔던 눈동자들이 반짝이며 미소 짓던 곳이다. 그 눈동자들이 그곳을 떠난다. 하지만 트리 위에는 죽은 소녀를 일으켜 세운 과부의 아들이 있다. 하느님은 선하다! 만약 세월이 쳐져 가는 트리의 보이지 않는 곳에 숨어 있다면, 백발의 제가 이 트리에서 어린아이의 심장과 믿음과 자신감을 얻게 하소서!

지금 크리스마스트리는 화려한 즐거움, 노래, 춤, 유쾌함으로 장식되어 있다. 크리스마스트리는 어디에서나 환영을 받는다. 천진난만함과 환대는 크리스마스트리 가지 아래 아직도 매달려 있고, 이제 우울한 그림자는 보이지 않는다. 하지만 트리가 땅속으로 가라앉음에 따라 잎사귀들 사이를 지나는 속삭임을 듣는다. "이제 사랑과 친절, 자비와 연민의 법칙을 기념하라. 이제 나를 기념하라!"[20]

크리스마스 에피소드
(『험프리 님의 시계』 에서)

Christmas Episode

그 순간 크리스마스가 되면 늘 말해 왔던 간절한 소망과 사랑을 다짐했던
어떤 이들의 이름이 그의 입술 위에서 살며시 떨렸다.

크리스마스, 나는 타인들의 행복한 모습과 거리와 집들이 선사
하는 축제 분위기와 같은 기쁨의 징표들로 흥을 돋우기 위해
집을 나와 몇 시간을 걸어 다녔다. 그러다가 문득 걸음을 멈춘
나는 눈을 헤치며 서둘러 모임 장소로 가는 즐거워하는 한 무
리를 보았다. 그리고 뒤를 돌아선 나는 마차에 꽉 찰 만큼의 아
이들이 구비원에 안전하게 맡겨지는 것을 보았다. 한 번은 노
동자 아버지가 천박한 모자와 옷을 입은 아기를 조심스럽게 안
고, 그의 아내는 자신의 회색 옷이 어떻게 되는 줄도 모르고 느
릿느릿 끈기 있게 남편을 따라가며 남편의 어깨너머로 까르르
웃는 아기와 인사를 나누는 모습에 존경심을 느꼈다. 또 한 번
은 여성에게 관심을 보이며 정중하게 구애하는 남성을 보고 즐
거워했으며 크리스마스에 가난한 이 세상의 절반이 즐겁다는

것을 믿을 수 있어 기뻤다.

날이 저물고 있었지만, 나는 여전히 거리를 배회하고 있었다. 창문에 따스하게 반사되는 밝은 난로 불빛에 동지애를 느끼며, 곳곳에 퍼진 사람들의 사교성과 따뜻한 유대감속에서 내가 가진 외로움을 잊었다. 한참을 걷다가 어떤 간이식당 앞에 우연히 걸음을 멈추고 창문에 붙은 메뉴목록을 보던 나는 갑자기 누가 크리스마스에 이런 간이식당에서 혼자 식사를 할까 하고 궁금해했다.

혼자 있기를 좋아하는 사람들은 무의식적으로 고독을 자신의 독특한 기질로 생각하는 것에 익숙하다고 생각한다. 나 또한 이 위대한 휴일에 홀로 방에 틀어박혀 많은 크리스마스를 보냈고, 크리스마스는 단지 보편적인 아쌍블라주와 기쁨의 날일뿐이라고 생각해 왔다. 미안한 말이지만, 나는 그 식당에 죄수와 거지가 있을 리는 만무하다고 생각했다. 간이식당이 그들을 상대로 문을 열지는 않을 테니까. 그럼 이 식당에 손님들이 있었을까? 아니면 그냥 형식적으로 문을 열어둔 것일까? 틀림없이 형식적으로 문을 열어둔 것이리라.

그럴 거라 확신하고 걸음을 옮겼지만, 몇 걸음 못 가서 다시 뒤를 돌아보았다. 그 간이식당 문 위에 걸린 램프가 장사를 하고 있다는 안타까운 분위기를 자아냈다. 참을 수가 없었다. 간이 식당에 손님이 많지는 않을까 하는 걱정이 들기 시작했다. 그들은 아마도 이 멋진 장소와 전혀 어울리지 않는, 이 세상과 아등바등하는 젊은이들로 아주 먼 곳에 떨어져 있는 친구를 만나러 갈 돈조차 없는 사람일 것이다. 이런 추측을 하니 마음이 너무 아팠다. 그래서 그들을 집으로 데리고 가기 전에 정말 어떻게 된 일인지 그들을 직접 만나 보기로 했다. 그래서 뒤를 돌아 그 간이식당으로 들어갔다.

식당에 손님이 한 명뿐이란 것을 확인하고 나는 기쁘면서도 한편으론 슬펐다. 그 이상의 손님이 없다는 것에 기뻤지만, 남자 혼자 있다는 사실 때문에 슬펐다. 나만큼 늙어 보이지는 않았지만, 나이를 먹을 만큼 먹은 백발의 남자였다. 필요 이상의 소리를 내며 문을 들어선 나는 자리를 잡고 앉아서 그의 시선을 끌며 크리스마스의 호의적인 태도로 그에게 인사를 건넸다. 그는 고개도 들지 않고 손을 머리에 댄 채로 자리에 앉아 반쯤 마친 식사를 보며 골똘히 생각에 잠겨 있었다.

그 식당에 머물기 위한 핑계로 무언가를 주문한(집안일을 하는 하녀가 저녁에 몇 명의 친구에게 즐거운 잔치를 제공해야 한다고 해서 나는 식사를 일찍 했었다) 나는 그를 방해하지 않고 지켜볼 수 있는 곳에 자리를 잡고 앉았다. 잠시 후 그가 고개를 들었다. 누군가가 식당 안으로 들어왔다는 것을 알아차렸지만, 밝은 곳에 자리한 그는 그늘진 곳에 앉은 나를 거의 볼 수가 없었다. 그는 슬퍼 보였고 생각에 잠겨 있었다. 나는 성가시게 하지 않으려고 그에게 말을 걸지 않았다.

분명 그 신사에게는 호기심 이상으로 나의 관심을 끌만큼 강한 매력을 느끼게 하는 무언가가 있었다고 믿는다. 난 그처럼 참을성 있고 친절해 보이는 얼굴을 본 적이 없다. 모든 사람이 친구와 함께 즐거운 시간을 보내는 지금 마땅히 친구들 속에 파묻혀 있어야 할 이 신사는 어찌 된 영문인지 이곳에서 혼자 낙담한 채 있다. 상념에서 깨어난 그는 또다시 상념에 빠지곤 했는데, 그 생각이 무엇이건 우울하면서도 통제되지 않는 것임은 분명해 보였다.

그는 고독에 익숙하지 않았다. 그가 고독에 익숙했다면 그의 태도는 달랐을 것이고 타인의 등장에 조금의 관심은 가졌을 것이기 때문에 나는 그것을 확신했다. 나는 그가 입맛이 없다는 것도 알아차릴 수 있었는데—음식을 먹어 보려고 애썼지만, 허사였다—매번 음식 접시를 밀치고 다시 이전의 자세로 돌아갔다.

나는 그가 예전의 크리스마스 속에서 헤매는 것이라 생각했다. 많은 기억이 긴 간격을 두지 않고 마치 일주일의 매일같이 연달아 솟구쳐 오르는 것 같았다. 돌봐줄 영혼도 없는 텅 빈 조용한 식당에서 그가 처음으로 큰 변화를 보였고(나는 그것이 처음이란 것에 아주 기뻤다), 나는 수많은 즐거운 얼굴들을 상상하며 그를 따라가다 가스에 질식하고 있는 겨우살이 큰 가지와 아라비아 사막의 모래 폭풍 같은 구이 요리의 연기에 말라 삶겨져 버린 크리스마스 장식용 호랑가시나무 잔가지들이 있는 따분한 장소로 되돌아온다. 집으로 돌아간 유일한 종업원을 대신해서 불쌍해 보이는 비쩍 마른 한 남자가 재킷을 입고 크리스마스를 지키고 있었다.

신사에 대한 나의 관심은 여전했다. 식사를 끝낸 그의 앞에 마개가 있는 포도주 한 병이 놓였다. 오랫동안 방치되어 있던 포도주병을 마침내 그가 들어 올려 떨리는 손으로 잔을 채우고 그 잔을 입술로 가져갔다. 그 순간 크리스마스가 되면 늘 말해 왔던 간절한 소망과 사랑을 다짐했던 어떤 이들의 이름이 그의 입술 위에서 살며시 떨렸다. 서둘러 잔을 내려놓은 그가 다시 잔을 들었다 다시 내려놓으며 손으로 얼굴을 감쌌다. 그랬다. 눈물이 뺨을 훔치며 흘러내렸다고 나는 확신한다.

옳고 그름을 생각할 틈도 없이 식당을 가로질러 걸음을 옮긴 나는 그 옆에 앉아 살며시 그의 팔에 내 손을 올려놓았다.

나는 말했다. "친구여, 이 늙은 노인의 입술로부터 위로와 위안의 말을 들어 보시오. 내가 하지 않은 일을 당신에게 설교하지는 않을 거요. 당신의 슬픔이 무엇인지 모르겠지만, 비관하지는 마시오."

"진심 어리고 따뜻한 말씀 감사합니다. 하지만……." 그가 대답했다.

나는 고개를 끄덕여 그가 무슨 말을 하려는지 안다는 신호를 보냈다. 이미 나는 그의 굳은 표정과 내가 말을 하는 동안 나를 바라보던 그의 시선으로부터 그의 청각이 손상된 것을 눈치채고 있었다. "우리 사이에는 자연스러운 공감대가 형성되어 있소." 나는 나의 말뜻을 설명하기 위해 그와 나를 가리키며 이렇게 말했다. "우리의 백발이 아니라 최소한 우리의 불행에 대한 공감 말이죠. 보다시피 난 불쌍한 장애인이라오."

그가 웃음을 머금으며—그때부터 그 웃음은 내 삶을 비춰주는 등불이 되었다—내 손을 잡아 주었을 때, 나 자신이 장애인이라는 것을 인식한 이후 늘 힘들어하던 시간 속에서 그때처럼 행복감을 느껴 본 적은 없었다. 그리고 우리는 나란히 자리에 앉았다.

그것이 나와 그 귀머거리 신사의 우정이 시작된 때였다. 바로 작고 손쉬운 배려의 말이, 그가 나에게 보여주었듯이, 애착과 헌신으로 보답을 받은 때였다.

그는 우리의 대화를 용이하게 하기 위해 작은 한 쌍의 수첩과 연필을 준비했고 우리의 첫 만남은 시작되었다. 난 종이 위에 내가 전달할 말을 적는 것이 얼마나 어색하고 부자연스러웠는지, 내가 할 말을 반도 적기 전에 이미 그가 얼마나 내 말뜻을 알아차렸는지 아주 생생하게 기억한다. 그가 더듬거리며 크리스마스에 혼자 있는 것에 익숙하지 않으며 크리스마스는 항상 짧은 축제였다고 말했다. 상복(喪服)을 입은 것은 아닌가 하고 내가 그의 옷을 힐끔거리는 것을 보고 그가 그렇지 않다고 서둘러 덧붙였다. 만약 그런 상황이었다면 그보다 좀 더 좋은 옷을 입었을 것이라고 그는 생각했다. 그때 이후로 지금까지 우리는 그 얘기를 다시는 꺼내지 않았다. 우리의 첫 만남에 대해 애정 어린 수다를 나눌 때도 마치 서로가 동의라도 한 것처럼 항상 그 주제는 피했다.

그러는 사이 우리의 우정과 배려는 더욱 깊어졌고 오직 죽음만이 중단시킬 수 있는, 그리고 다음 세상에서도 계속될 서로에 대한 믿음을 쌓아갔다. 우리의 대화가 어떻게 가능했는지 알 수 없으나 그때 이후로 그는 오랫동안 나에게 있어 귀머거리가 아니었다. 자주 나와 함께 산책하는 그는 복잡한 거리에서도 마치 내 생각을 읽을 수 있다는 듯 아주 작은 내 표정이나 몸짓에도 답을 하고, 빠른 속도로 눈앞을 지나가는 수 없이 많은 대상 중에 똑같은 것에 주목하거나 같은 것에 관해 얘기한다. 이런 일이 일어날 때마다 내 친구가 그 기쁨으로 얼마나 생기 있어 하는지, 그런 일이 있은 후 최소한 30분 동안은 그의 얼굴이 얼마나 빛을 발하는지 설명할 길이 없다.

그는 무척이나 고독하게 살아온 대단한 사색가다. 독특한 생각에다 마음에 그리고 확장하는 기능을 가진 그의 풍부한 상상력은 우리의 작은 모임에서 그를 유용한 존재로 만들어 주고 우리 두 명의 친구를 무척 놀라게 한다. 이 점에서 그의 상상력은 한때 독일 학생[21]의 것이었다고 그가 장담하는 하나의 큰 담뱃대 얘기로 더욱 힘을 얻었다. 그럴지도 모르겠지만, 그 담뱃대는 의심의 여지없이 먼 고대의 신비한 모양을 하고 있었고 다 피는데 3시간 반이나 걸리는 양의 담배를 담는다. 매일 저녁 작은 담배 가게에 모여 일단의 험담을 주도하며 이웃의 모든 흡연자를 아연실색하게 만들었던, 이 담뱃대와 거기에 새겨진 음산한 인물들에 대해 말했던 나의 이발사가 내가 그 사실을 믿는 근거이다. 그리고 그 담뱃대 이야기를 숭배한 나머지 날이 저물면 혼자 있기를 극도로 꺼리는 내 하녀의 미신도 그것과 연관되어 있다는 것을 잘 안다.

나의 귀머거리 친구가 어떤 슬픔을 지녀왔든지, 어떤 비탄이 그의 가슴 속 비밀스러운 구석에 남아 있든지 간에 그는 이제 쾌활하고 평온하며 행복한 사람이다. 어떤 좋은 목적이 아니라면 이 남자에게 불행이 닥쳤을 리 없다. 그리고 그의 자상한 본성과 진솔한 감정 속에서 그 흔적을 볼 때면, 마치 내가 그 비애를 겪기라도 한 것처럼 그 시련에 말문이 막히는 것 같았다. 나는 이 담뱃대에 관해 나름대로 이론이 있다. 나는 담뱃대가 우리를 만나게 했던 그 일과 어떤 식으로든 연관이 있다는 생각을 하지 않을 수 없다. 왜냐하면 그가 그 담뱃대 얘기를 꺼내기까지는 오랜 시간이 걸렸고 그 얘기를 하면서도 더 위축되고 우울해졌으며 지금도 여전히 그 이야기를 꺼내려면 오랜 시간이 걸리기 때문이다. 그러나 나는 그 문제에 대해 조금도 궁금해하지 않았다. 그것이 그에게 평온과 위안을 주며, 그렇게 함으로써 나는 나의 최고의 호의를 보여 주기 위해 다른 유인책의 필요성은 느끼지 못하기 때문이다.

이것이 그 귀머거리 신사이다. 난 지금도 수수한 회색 옷차림으로 벽난로 구석에 앉아 있는 그의 모습을 떠올릴 수 있다. 그가 아끼는 담뱃대로 연기를 내뿜으며 진심과 애정이 가득 담긴 눈길을 나에게 던지고 있다. 그리고 유쾌한 미소를 지으며 각양각색의 친절하고 다정한 것들에 관해 얘기한다. 그리고 그가 오래된 벽시계 소리를 들을 수 있다면 내 불쌍한 다리 중 하나를 잃어도 좋다고 말해도 지나치지 않으리라.

크리스마스 만찬

Christmas Dinner

크리스마스 가족 파티! 사실 우리는 본질적으로 크리스마스보다 더 기쁜 날은 알지 못한다. 크리스마스란 이름 안에는 마법이 있는 것 같다.

크리스마스다! 다시 돌아온 크리스마스에도 마음속에 즐거움이 생기지 않고 즐거운 기억들이 떠오르지 않는 사람이라면 그는 분명 염세주의자가 틀림없다. 크리스마스가 더는 예전의 크리스마스가 아니라고 말하는 사람들이 있다. 크리스마스가 되면 색 바랜 지난해의 소중했던 전망, 축소된 자신의 여건과 궁핍한 수입만을 생각나게 하는 크리스마스 선물, 헛된 친구들에게 베풀었던 잔치, 역경과 불행에 빠진 자신을 바라보는 차가운 시선만 떠오를 뿐이라고 말하는 사람들이 있다. 그렇다고 암울한 회상에 주목하지는 마라. 한 해 중 그런 생각을 안 할 만큼 오래 산 사람은 이 세상에 없다. 365일 중 가장 즐거운 날을 당신의 애절한 회상의 날로 선택하지 말고 활활 불타오르는 난로 옆으로 의자를 좀 더 가까이 끌어당겨 술잔을 채우고 돌

아가며 노래를 불러라. 만약 당신의 방이 12년 전에 비해 작아
졌다거나 당신의 유리잔에 채워진 것이 스파클링 와인이 아니
라 악취가 나는 펀치라면 모양새라도 보기 좋게 만들어서 당장
그 자리에서 잔을 비우고 또 다른 잔을 채워라. 그리고 당신이
과거에 늘 불렀던 짧막한 옛날 노래를 명랑하게 부르며 하느
님께 더 나빠지지 않았음에 감사하라. 그리고 당신의 자녀들이
난로 옆에 앉았을 때 그들의 즐거운 표정을 지켜보라. 어쩌면
작은 자리 하나가 비어 있을지도 모른다. 그 아버지의 가슴을
즐겁게 해주던, 그 어머니의 자부심을 일깨워주던 하나의 작고
여윈 자리는 거기에 없을지도 모른다. 과거의 생각에 빠지지
마라. 바로 작년까지 혈색이 도는 볼과 즐거움으로 가득 찬 눈
속에 유아기의 즐거운 무의식을 지녔던 그 자녀가 이제는 당신
앞에 앉아 빠르게 먼지로 분해되어 간다고 생각하지 마라. 모
두가 많이 가진 지금의 축복에 대해 생각하고 모두가 적게 가
졌던 지난 불행에 대해서는 생각하지 마라. 행복한 표정과 뿌
듯한 마음으로 당신의 잔을 다시 채워라. 당신의 크리스마스와
새해를 빼고 그 잔에 담긴 우리의 삶은 즐거울 것이다.

　이맘때가 되면 넘쳐나는 좋은 감정과 정직하게 주고받는 애
정에 감히 어느 누가 무심할 수 있겠는가? 크리스마스 가족 파
티다! 사실 우리는 본질적으로 크리스마스보다 더 기쁜 날은

알지 못한다. 크리스마스란 이름 안에는 마법이 있는 것 같다. 질투와 불화는 잊히고 오랜 시간 동안 낯설었던 사교의 감정이 깨어나 만발한다. 지금껏 봐오면서도 회피의 눈길을 주고받았던, 과거 수개월 동안 차갑게 아는 체를 했던 아버지와 아들과 남매는 화기애애한 포옹을 주고받으며 현재의 행복 속에 과거의 적대감을 묻어둔다. 서로를 향한 열망은 있었지만, 자존심과 자존감으로 잘못 표현됐던 마음이 다정한 마음으로 다시 하나가 되어 모든 것이 친절과 자비로움으로 가득 찬다. 바라건대, 일 년 내내 크리스마스이기를! 그렇게 되면 적어도 우리의 착한 본성을 추하게 만드는 편견과 격정이 지금껏 서로를 모르고 지냈던 사람들에게는 나타나지 않을 테니까!

우리가 바라는 크리스마스 가족 파티는 이번 해에 처음 시작해서 1, 2주 전에 통지를 받고 결국 새롭게 참석한 가족도 없이 다음 해에 다시 열릴지 안 열릴지도 모르는 그런 단순한 가족 모임이 아니다. 우리가 원하는 크리스마스 가족 파티는 남녀노소와 빈부에 상관없이 연락이 닿는 모든 가족이 모이고, 모든 아이가 기다림의 열병을 앓으며 한두 달 전부터 손꼽아 기다리는 그런 연간 모임이다. 예전의 크리스마스 파티는 항상 할아버지 집에서 열렸다. 하지만 늙고 허약해지신 할아버지와 할머니께서 집안 돌보는 일을 그만두시고 조지 삼촌과 함께 지내시게 되면서 이제 크리스마스 파티는 조지 삼촌 집에서 열린다. 하지만 여전히 할머니께서는 좋은 물건을 많이 보내주시고 할아버지께서는 언제나 뉴게이트 시장까지 먼 길을 걸어가 칠면조를 사신다. 의기양양한 할아버지는 구매한 칠면조를 짐꾼에게 들게 하고 자신을 따라 집까지 배달시킨다. 그 보답으로 짐꾼에게 술 한 잔을 고집스럽게 권하신 할아버지는 숙모에게 "메리 크리스마스! 그리고 새해 복 많이 받기를!"라고 외치며 건배의 잔을 든다. 할머니에 대해 말하자면, 할머니는 크리스마스 이삼 일전부터 매우 비밀스럽고 이해하기 어려운 분이 되신다. 잡다한 책과 펜 나이프뿐만 아니라 하인에게 줄 아름다운 분홍색 리본이 달린 새 모자와 어린 손자들에게 줄 필통을 샀다는 소문이 새어 나가지 않게 하려는 것이지만, 비밀이 지켜지지는 않는다. 또한, 할머니는 원래 조지 숙모가 페이스트리 전문 요리사에게 주문한 물건 항목에다 저녁에 먹을 12개의 민스파이와 아이들을 위한 대형 건포도 케이크와 함께 여러 개의 비밀 물건들을 추가하고는 입을 다물고 계신다.

할머니는 크리스마스이브에 항상 기분이 최고다. 그날 하루 동안 할머니는 모든 아이에게 자두와 그러한 것들의 씨를 까게 시키신다. 그런 후 매년 하듯이 조지 삼촌에게 주방으로 가서 코트를 벗고 푸딩을 30분 정도 저으라고 하시는데, 조지 삼촌은 유쾌하게 그 일을 하고 아이들과 하인들은 그의 솜씨에 탄성을 자아낸다. 크리스마스이브는 아주 즐거운 장님놀이로 끝을 맺는다. 할아버지는 장님놀이가 시작될 때 자신의 재주를 뽐내기 위해 술래가 되려고 무척 신경을 쓰신다.

다음 날 아침 할아버지와 할머니는 신도 석에 앉을 수 있을 만큼 많은 수의 손주들을 데리고 위엄 있게 예배를 보러 가신다. 집에 남은 조지 숙모는 포도주 유리잔의 먼지를 닦아내고 캐스터를 채우며 조지 삼촌은 술병들을 식당으로 옮기고 큰 소리로 코르크 마개를 뽑는 기구를 찾으며 이것저것 참견을 한다.

교회에 갔던 가족들이 돌아오면 할아버지는 작은 겨우살이[22]를 주머니에서 꺼내 손자들이 그 아래에서 사촌 아기들에게 입맞춤을 하게 했다. 이 크리스마스 행위에 손자들과 할아버지는 한없이 만족하지만, 할머니는 할아버지의 이 점잖지 못한 행동에 다소 화를 내신다. 하지만 할아버지께서 자신이 13살 하고도 3개월이었을 때 이 겨우살이 아래에서 할머니께 입맞춤했다고 말하기 전까지만 화를 내신다. 할아버지의 이 말을 듣고 아이들은 박장대소를 하고 조지 숙모와 삼촌도 따라 웃는다. 그러면 할머니께서는 즐거운 얼굴로 할아버지가 언제나 버릇없는 강아지 같았다고 말하며 자애로운 미소를 지으신다. 아이들은 할아버지가 그랬다는 사실에 다시 한 번 크게 웃음을 터

뜨리는데 그 웃음소리 가운데 할아버지 웃음소리가 제일 크다.

하지만 이런 모든 즐거움은 춤이 높은 모자와 슬레이트 색상의 실크 가운을 입은 할머니와 아름답게 땋은 셔츠 주름 장식에 흰 손수건을 한 할아버지가 앞쪽에 앉은 조지 삼촌의 자녀들과 셀 수 없이 많은 어린 사촌들과 함께, 객실용 난로 한쪽에 앉아 마음을 졸이며 방문객이 도착하기를 기다리는 그 흥분에 비하면 아무것도 아니다. 갑자기 전세 마차 멈추는 소리가 들리고 창밖을 보던 조지 삼촌이 "제인이 왔어!"라고 소리친다. 그 소리에 아이들은 문 쪽으로 달려가 나선형 계단을 날쌔게 내려간다. 로버트 고모부, 제인 고모, 사랑스러운 아이들과 유모, 그리고 우리 모두는 "맙소사!"라고 고함치는 아이들과 아기가 다치지 않게 조심하라고 연신 소리치는 유모의 경고를 들으며 계단 위쪽으로 안내를 받는다. 할아버지가 아이를 받아서 안고 할머니가 딸에게 키스를 하면 이 요란한 첫 입성도 간신히 막을 내린다. 이때 또 다른 고모들과 고모부들이 더 많은 사촌을 데리고 도착한다. 다 큰 사촌들이 시시덕거리며 장난을 치고 어린 사촌들도 그와 마찬가지다. 여럿이 웅성거리는 소리와 웃는 소리 그리고 즐거운 소리만 들릴 뿐이다.

대화가 잠깐 멈춘 사이 머뭇거리는 두 번의 노크 소리가 들린다. 그 소리에 "누구세요?"라고 일반적인 질문이 던져지면 창문에 서 있던 두세 명의 아이들이 낮은 목소리로 "불쌍한 마거릿 고모야."라고 말했다. 이 말을 들은 조지 고모가 방을 나가 새로운 손님을 반기면 할머니는 다소 딱딱하면서도 위엄 있게 옷을 바로 잡았는데, 이유는 마거릿 고모가 할머니 허락 없이 가난한 남자와 결혼했기 때문이다. 마거릿 고모가 겪고 있는 가난은 친구로부터 버림받거나 가장 사랑하는 친척들로부터 공식적으로 외면당하는 벌에 비하면 아무것도 아니다. 하지만 크리스마스가 되자 한 해 동안 좀 더 나은 기질에 맞서 싸워 왔던 불쾌한 감정들은 크리스마스의 온화한 기운 앞에 마치 아침 햇살에 반쯤 녹은 얼음처럼 녹아버렸다. 화가 나서 부모의 뜻을 어긴 아이를 내칠 수는 있다. 하지만 온 세상이 선의와 즐거움으로 가득한 크리스마스에, 크리스마스 때마다 주위에 앉아 아기에서 소녀로 그리고 어느 순간 알아차릴 수 없을 만큼 순식간에 혈기 왕성하고 아름다운 여자로 성장한 딸을 그 난로로부터 추방하는 것은 어려운 일일 것이다. 어느새 할머니께서 의도적으로 보여준 강직한 태도와 차가운 용서가 마거릿 고모의 마음을 아프게 짓누른다. 창백한 얼굴과 상처 난 가슴의 마거릿 고모가 언니의 안내를 받으며 들어왔을 때 그녀가 참을 수 없었던 것은 가난이 아니라 무고한 무시와 부당한 무정함이었고 우리가 그 정도를 가늠하는 것도 어렵지 않았다. 그 순간

걸음을 멈춘 마거릿 고모가 언니를 뿌리치고 나가 흐느끼며 할머니의 목을 끌어 안는다. 서둘러 앞으로 나온 할아버지도 사위의 손을 꼭 잡는다. 가족들이 주위로 모여 다정하게 축하를 해주고 다시 행복과 조화가 널리 퍼진다.

크리스마스 만찬은 완벽한 즐거움 그 자체다. 모든 것이 무난하다. 가족 모두는 최고의 기분으로 다른 사람을 즐겁게 해주려 애쓰고 자신도 즐거워지고 싶어 한다. 칠면조 고기를 살 때 있었던 일을 자세히 설명하시던 할아버지께서 이야기 도중에 옆길로 빠져 예전 크리스마스 때 칠면조를 샀던 얘기를 꺼내면 할머니께서는 상세한 설명을 덧붙이신다. 조지 삼촌도 이야기를 나누며 칠면조를 자르고, 포도주를 마시고, 옆 테이블에 앉은 아이들에게 농담을 던진다. 그는 사랑하고 사랑받고 있는 사촌들에게 윙크를 하며 농담과 환대로 모든 이들을 아주 기쁘게 한다. 마침내 땅딸막한 하인 한 명이 꼭대기에 호랑가시나무(잎 가장자리에 뾰족한 가시가 돋아 있고 새빨간 열매가 달리는 나무로 흔히 크리스마스에 장식용으로 쓰임) 가지가 달린 초대형 푸딩을 들고 비틀거리며 안으로 들어오면 아이들은 불타는 브랜디를 민스파이에 붓는 놀라운 솜씨를 보며 환호할 때와 똑같은 웃음소리, 고함, 작고 통통한 손의 박수 소리, 뚱뚱하고 짤막한 다리로 땅을 차는 소리를 낸다. 이어서 후식이 나오고, 포도주가 나오고, 그리고 재미가 나온다. 아주 아름다운 말과 노래를 한 마거릿 고모의 남편은 좋은 사람으로 밝혀지고 특히, 그는 할머니의 얘기를 경청한다. 심지어 할아버지까지 전에 없던 활력으로 일 년에 한 번 부르는 노래를 부르시고 매년 관례에 따라 만장일치로 앙코르의 영광을 받으면 할머니 빼고는 누구도 들어본 적 없는 새로운 노래를 부르신다. 그리고 모임에 자주 빠진데다 나쁜 행동으로 할아버지와 할머니의 총애를 잃은—부름을 무시하고 버튼 에일을 집요하게 마시는—젊은 망나니 사촌 한 명이 자진해서 지금껏 한 번도 들어본 적 없는 익살스러운 노래를 불러 모든 사람을 포복절도하게 한다. 크리스마스의 밤은 지금껏 살았던 성인의 어떤 설교보다 이웃을 대신해서 가족 모임의 모든 구성원에게 더 큰 공감을 불러일으키고 내년에도 변함없는 선의를 품게 해주며 이성적인 호의와 유쾌함 속에서 하루가 지나간다.

독자들에게 해주고 싶은 크리스마스에 얽힌 이야기가 수백 개도 넘는다. 크리스마스와는 떼려야 뗄 수 없는 수백 개의 익살스러운 이야기가 있다. 하지만 할 만큼 했기에 독자 하나하나 그리고 모든 독자에게 "즐거운 성탄과 행복한 새해 맞으세요."라는 기원의 말보다 더 좋은 끝마침은 없을 것 같다.

나이 들어가는 우리에게
크리스마스란 무엇인가?
What Christmas is as we grow older

우리가 늙으면 어떤 표현을 하고, 어떤 걸음걸이로 걷고, 어떻게 생각하고 어떻게 말할지를 얘기하며 즐거운 상상을 했었다.

크리스마스가 마법의 종소리처럼 작은 세상을 감쌀 때 우리에게 그립거나 아쉬운 것이 없었던 때가 있었다. 그때의 크리스마스는 기쁨, 애정, 희망으로 우리의 가족들을 하나로 묶고 모든 사물과 사람들을 난로 가에 모이게 했으며 어린 자녀들의 눈 속에 반짝이는 작은 그림을 만들어주었다.

우리의 생각이 이 작은 세상의 편협한 경계를 훌쩍 뛰어넘었던 그때, 우리의 행복이 완전해지기 위해 (그때는 매우 다정하면서도 아름답고 전적으로 완벽하다고 생각했던) 누군가가 필요했던 그때, 그 누군가가 앉아 있던 크리스마스 난롯가에 우리 또한 필요한 사람이었던 그때 (우린 그렇게 생각했고 그것이 차라리 좋았다), 그리고 우리가 그 누군가의 이름으로 우리 삶의 모든 화환과 승리를 엮었던 그때, 어쩌면 크리스마스도 빨리 찾아왔으리라!

그때의 크리스마스는 여름철 소나기가 내린 뒤에 생기는 무지개의 제일 옅은 가장자리처럼, 우리의 머리 위 저 까마득히 높은 곳에서 빛나는 환영으로 희미하게 나타났었는데! 그때의 크리스마스는 있을 수 있었으나 결코 없었던 것들을 미화하며 즐거워했던 때였고, 비록 없었더라도 우리의 간절함이 너무도 분명했기에 그때 이후에 있었던 것들이 더 좋았다고 말하기 어려운 때였는데!

뭐라고! 불가능해 보이던 결혼 중에서도 가장 행복한 결혼식을 올린 후, 전에는 앙숙으로 지내던 집안들이 하나로 뭉쳐 우리와 우리가 젊었을 때 낳은 소중한 자식들을 받아주었을 때에도 그때의 그런 크리스마스는 정말 오지 않았단 말인가? 가족의 관계를 맺기 전 항상 우리를 차갑게 대했던 시동생과 시누이들이 우리를 애지중지하며 대하게 되었을 때에도, 부모님들이 돈을 많이 벌어 와서 우리를 기쁨에 어쩔 줄 모르게 했던 때에도 정말 그때의 그런 크리스마스는 오지 않았단 말인가? 저녁 만찬을 든 후 자리에서 일어나 손님들 속에 자리한 예전의 연적에게 유창한 말로 아낌없는 존경을 표하고 바로 그 자리에서 우정과 용서를 나누며 그리스 또는 로마 이야기만큼은 아니라도 죽을 때까지 간직할 끈끈한 정을 쌓았건만, 그 저녁이 그때의 그런 크리스마스 만찬은 아니었단 말인가? 그 연적은 함께 좋아하던 부잣집 딸을 위해 나와 인연을 끊고 결국 돈을 보고 결혼해서 지금은 고리대금업자가 되었단 말인가? 무엇보다 그 여인을 차지했더라면 아마도 비참해졌을 것이고 그녀가 없는 것이 더 낫다는 것을 지금의 우리는 정말 알고 있단 말인가?

많은 명성을 쌓은 뒤 위대하고 선한 업적 때문에 의기양양하게 어딘가로 불려다니다가 명예롭고도 품격 있는 이름을 얻어 집으로 돌아온 우리가 한 줄기 기쁨의 눈물로 가족들의 환대를 받았던 그런 크리스마스는 아직도 오지 않았단 말인가?

지금 우리의 삶이 너무나 고착되어 있기에 크리스마스와 같이 일 년에 한 번 있는, 눈에 띄는 삶의 이정표 앞에서만 잠시 가던 걸음을 멈추고 지금껏 있던 것과 지금은 없어진 것들 아니면 지금껏 있었고 아직도 있는 것들을 회상하듯 그렇게 자연스럽고 진지하게 과거에 없었던 것들을 똑바로 회상해 본단 말인가? 만약 그렇다면, 그렇게 보인다면 인생은 꿈보다 나을 것이 없으며 우리가 인생에서 추구하는 사랑과 노력도 가치 없다는 결론을 내릴 수밖에 없는 것인가?

아니다! 사랑하는 독자들이여, 크리스마스에는 그런 잘못된 해석은 하지 마라! 크리스마스 정신을 좀 더, 조금만 더 당신의 심장 가까이에 두자. 크리스마스 정신은 본분과 친절

그리고 관용을 적극적으로 활용하고 인내하며 즐겁게 베푸는 것이다. 어린 시절의 못다 한 꿈으로 힘을 얻거나 당연히 그렇게 되어야 하는 것이 정녕 미덕의 끝이 아니겠는가. 사람들은 어린 시절의 꿈을 우리가 사는 세상에서 손으로 느낄 수 없는 것도 조심스럽게 다루는 스승이라고 하지 않던가!

그러므로 우리가 나이 들어갈 때 반복해서 돌아오는 크리스마스의 추억과 그 추억이 가져다주는 교훈이 커진다는 것에 좀 더 감사하자! 그 추억과 교훈 하나하나를 환영하여 크리스마스 난로 가에 자리를 만들어 주자.

오랜 염원과 열정적인 상상의 눈부신 생명체들을 호랑가시나무 아래 당신의 쉼터로 맞이하라. 우리는 너를 안다. 그리고 우리는 너만큼 오래 살지 못했다는 것을 안다. 비록 순간 지나치는 것일지라도 우리 주위에서 좀 더 오래 타고 있는 불빛 가운데 당신의 아늑한 장소로 예전의 계획과 사랑을 모셔 오라. 당신의 심장에 아직 살아 있는 모든 것을 맞이하고 당신을 살아가게 하는 그 열렬함에 대해 하느님께 감사하라! 이제 우리는 구름 속에 크리스마스의 궁전을 짓지 않는가? 우리의 생각들이 아이들의 꽃들 속에서 나비들처럼 펄럭이며 증언케 하라. 이 소년을 보라! 이 소년 앞에는 지금껏 우리가 낭만적인 지난 시간 속에서 본 것보다 더 밝은, 그리고 영광스럽고 진실 된 것들로 밝게 빛나는 미래가 펼쳐져 있다. 반짝이는 곱슬 머리카락이 수북이 쌓여 있는 이 소년의 머리 주위에 고상함이 예쁘게 그리고 가볍게 노닐고 있다. 마치 시간의 손[23]이 닿는 곳에 우리가 첫 아이의 곱슬머리를 자를 낫이 없었던 때처럼 말이다. 그 가까이에 있는—잔잔하지만 밝은 미소를 머금은—조용하고 만족에 찬 또 다른 한 소녀의 얼굴에서 우리는 잘 쓰인 **집**이란 글씨를 본다. 별에서 나온 빛이 밝게 빛나듯 그 글자에서 빛이 나기에 우리가 죽어 우리의 무덤이 늙어갈 때 우리는 우리의 희망 아닌 다른 이의 젊은 희망을, 우리의 심장이 아닌 다른 이의 젊은 감동을, 그들의 평탄한 길을, 그들의 행복이 꽃을 피우고 열매가 익어 부패하는지를 본다… 아니, 그 행복은 썩지 않는다. 또 다른 가정과 자녀들의 무리가—현재 존재하지 않고, 생기려면 아직 많은 시간이 걸리지만—결국은 생겨날 것이고, 꽃을 피워 열매를 맺을 테니까!

모든 것을 환영하라. 지금껏 있었던 것들, 전에는 없었던 것들, 그리고 우리가 존재하기를 바라는 모두 것을, 열린 마음으로 현재 자리를 차지하고 있는—호랑가시나무 아래—당신의 쉼터로, 크리스마스 난로 주위 당신의 자리로 모두를 평등하게 맞이하라! 저기 그림자 속에 활활 타오르는 불 위를 헤집고 살금살금 기어들어 오는 적의 얼굴이 보이는가? 크리스마스이기에 우리는 정말이지 그를 용서한다. 그가 끼친 피해가 동료애를 허락하지 못할 만큼 큰 잘못이 아니라면 그를 받아주고 자리를 마련해 주자. 그렇지 않다면 슬프지만 그를 가도록 내버려둬라. 하지만 우리는 그에게 절대로 상처를 입히거나 비난하지 않겠다는 확언을 주어야 한다.

이 크리스마스에 우리는 그 무엇도 배척하지 않는다.

"잠깐 멈춰" 작은 목소리가 말한다. "그 무엇이라도? 생각해 봐!"

"우리는 크리스마스에 난롯가에서 만나는 어떤 것도 막지 않을 거야."

"말라 죽은 나뭇잎이 수북이 쌓여 있는 거대한 도시의 그림자라도?" 그 목소리는 대답한다. "세상 전체를 검게 물들이는 그림자라도? 죽은 자의 도시[24]의 그림자라도?"

심지어 그것도 배척당하지 않는다. 우리는 한 해의 모든 날 중 크리스마스에 묘지를 향해 얼굴을 돌릴 것이다. 그리고 말 없는 무리로부터 우리가 사랑한 사람들을 우리 사이로 데려올 것이다. 죽은 자의 도시 그곳에서 우리는 축복의 이름으로 크리스마스에 모두 모인다. 그리고 약속에 따라 여기 목전에서 우리에게 소중한 당신의 사람들을 우리 가운데로 맞을 것이고 보내지 않을 것이다!

그렇다. 우리는 난롯가에 모여 있는 이 세상의 아이들 한가운데로 어린 천사[25]가 매우 장엄하고도 매우 아름답게 내려오는 것을 볼 수 있고, 그 천사들이 어떻게 우리를 떠났는지도 생각해 볼 수 있다. 야곱의 열두 아들들이 그랬듯이 불현듯 천사들을 즐겁게 해주는 이 장난기 많은 아이들은 그들의 손님이 누군지 모른다. 하지만 우리는 그들을 볼 수 있다. 마치 좋아하는 아이를 꾀어 멀리 데려가려는 것처럼 그 아이의 목 주위로 빛나는 팔을 휘감는 것을. 천상의 형체 가운데 한 아이가 있다. 아주 가련한 기형인 아이[26]였는데 이제는 천상의 아름다움을 지니고 있다. 죽어가는 그의 어머니는 그 아이가 다시 그녀의 품으로 돌아오기까지 그 오랜 시간 아이를 여기에 홀로 남겨 두고 가야 한다는 것이 너무도 비통하다고 말했다. 하지만 어느새 어머니의 젖가슴을 파고든 아이는 그녀의 손을 잡고 그녀를 따라간다.

저 멀리, 불볕더위 아래 뜨거운 모래사장에 쓰러진 용감한 한 소년은 "가족들에게, 내가 얼마나 내 마지막 사랑의 입맞춤을 한 번이라도 더 해주고 싶었는지 그리고 내 할 일을 마쳤기에 만족하며 죽는다고 말해 주세요."라고 말했다. 아니다, 또 다른 한 명이 있었는데 사람들은 그 사람의 주검 앞에서 이 글을 낭독했다. "그러므로 우리는 그의 몸을 수장한다."[27] 그리고 그의 몸은 외로운 바다에 맡겨졌고 이리저리 떠다녔다. 아니다, 또 다른 한 명이 있다. 그는 울창한 숲 속 어두운 그늘에 누워 죽음을 맞았고 다시 깨어나지 않았다. 아! 그들은 크리스마스에도 사막과 바다와 숲에서 집으로 돌아오지 못하는 것인가!

기쁨의 집을 애도의 크리스마스로 만든—거의 여인이었으나 결코 여인이 될 수 없었던—사랑스러운 한 소녀[28]가 침묵의 도시를 향해 길 없는 길을 갔다. 무척 지쳐서 들을 수 없는 말들을 희미하게 속삭이며 마지막 잠에 빠져가던 그녀를 기억하는가? 이제 그녀를 보라! 이제 그녀의 아름다움, 평온함, 영원한 젊음, 행복을 보라! 야이로[29]의 딸은 죽기 위해 다시 소생했다. 하지만 그 소녀는 더 큰 축복을 받았다. 그녀는 같은 목소리를 들었다. "영원히 소생하리라!"

어릴 때부터 알고 지내온 친구 한 명이 있었다. 우리는 그와 함께 앞으로의 삶에서 일어날 변화들을 자주 그려 보았다. 우리가 늙으면 어떤 표현을 하고, 어떤 걸음걸이로 걷고, 어떻게 생각하고 어떻게 말할지를 얘기하며 즐거운 상상을 했었다. 그는 한창 나이에 죽은 자의 도시에 그의 운명의 거주지를 잡았다. 그는 우리의 크리스마스 추억으로부터 초대받지 못할 것인가? 그의 사랑이 우리를 그렇게 배척했었는가? 죽은 친구여, 죽은 아이여, 죽은 부모여, 누이여, 형제여, 남편이여, 아내여, 우리는 그렇게 당신들을 버리지 않을 것이다. 당신들은 크리스마스의 심장 속에, 우리의 크리스마스 난로 옆에 당신이 아끼던 그 장소를 붙잡고 있을 것이며 우리는 불멸의 희망인 이 계절에, 불멸의 자비가 탄생한 날에 당신을 배척하지 않을 것이다.

겨울 해가 도시와 마을 위로 진다. 겨울 해는 마치 신성한 발걸음이 생기 있게 물 위를 걷듯 바다 위에 장밋빛 길을 만든다. 시간이 흘러 해가 지고 저녁이 시작된다. 반짝이기 시작한 불빛이 눈에 들어온다. 형태 없이 넓게 뻗은 도시 넘어 언덕길 위에, 마을 첨탑을 둘러싼 나무들의 조용한 조화 속에 추억들은 돌에 새겨지고, 평범한 꽃들에 묻히고, 잔디 사이에서 자라 흙더미 주위의 하찮은 검은 딸기와 뒤엉킨다. 도시와 마을은 추운 날씨에 맞서 문과 창문들을 닫았고, 집안에는 불타는 장작들이 높이 쌓여 있으며, 즐거운 얼굴들과 건강한 노래 소리가 들린다. 모든 저속한 것들과 해로운 것들을 터주신전으로부터 몰아내고 따뜻한 용기를 주는 성탄의 추억들만 들어오게 문을 열어 주자. 위안과 평화, 심지어 산 자와 죽은 자를 다시 묶어주는 역사, 너무도 많은 사람들이 작은 여러 조각들로 찢어놓으려고 애썼던 그 큰 베풂과 선행이 깃든 크리스마스의 기억들만.

새 해

New year

밤 12시. 12번의 타종 중 첫 번째 종소리가 인근 교회로부터 들려온다. 우리는 이제 고백을 해야만 한다. 그 소리에는 분명 끔찍한 어떤 것이 있다.

이 세상에 존재하는 것 중 크리스마스 다음으로 즐거운 것이 새해의 도래(到來)이다. 그런데 새해에 걸핏하면 우는 사람이 있다. 이들은 마치 지난해를 장례 치르는 만상제처럼 울면서 경계와 금식으로 새해를 맞이한다. 이제 우리는 묵은 한 해를 보내고 새로운 한 해를 흥겹고 기쁘게 맞이하기 위해 지나가는 해와 지금 막 밝아오는 해를 상호 보완된 것으로 생각할 수밖에 없다. 가슴에서 감사의 마음이 우러나지 않더라도 미소를 지으며 즐겁게 기억할 만한 일들이 지난해에도 분명 있었을 것이다. 그리고 새해에 품었던 확신을 새해 스스로 가치 없다고 증명하기 전까지는 어떤 경우라도 우리는 새해가 좋은 한 해가 될 거란 믿음을 잃지 말아야 한다.

우리는 이렇게 새해를 맞이한다. 지나가는 해에 경의를 표해 보지만 이제 얼마 남지 않은 올해의 순간들이 우리가 단어 하나하나를 써 내려갈 때마다 사라져 간다. 우리는 지나가는 1836[30]년의 마지막 밤, 여기 난롯가에 앉아 있다. 마치 올 한 해 동안 우리의 마음을 어지럽혔던 특별한 일이 하나도 없었던 것처럼, 그리고 지금도 그런 일은 일어나지 않을 것처럼 즐거운 표정으로 이 원고를 써 내려간다.

전세 마차와 승합 마차가 달가닥거리는 소리를 내며 마차 가득 말쑥한 옷차림의 손님들을 싣고 파티 장소로 가느라 끊임없이 거리를 오간다. 녹색 블라인드가 달린 맞은편 집을 두드리는 두 번의 커다란 노크 소리에 마을 사람 모두는 마을에 큰 파티가 열린다는 것을 알게 된다. 안개가 너무 짙어 하인을 불러 초를 가져오게 하고 커튼을 칠 때까지 우리는 창을 통해 머리에 녹색 상자를 인 빵 요리사와 등나무 줄기 의자와 프랑스식 기름 램프[31]를 실은 파티용 가구[32] 짐마차가 새해맞이 잔치를 여는 집들로 서둘러 가는 것을 보았다.

우리는, 자리에 어울리는 모닝코트에 부푼 옷차림을 하고 응접실 문에서 이름이 호명되어 우리의 도착을 알리는 그런 멋진 파티 하나쯤 생각해 볼 수 있다.

녹색 블라인드가 달린 그 집을 예로 들어 보자. 오늘 아침, 식사 테이블에 앉아 있을 때 한 남자가 응접실 앞으로 카펫을

까는 것을 보고 그 파티가 카드리유[33] 파티란 것을 알게 된다. 이 추측이 맞는지 굳이 증거를 대야 한다면 그렇게 하겠다. 방금 우리는 젊은 숙녀들이 침실 창문 한쪽 가까이에서 어린 숙녀의 머리를 특별히 화려한 모양새로 꾸며주는 것을 보았다. 카드리유 파티가 아니라면 어울리지 않는 머리 모양이다.

녹색 블라인드가 달린 이 집의 주인이 공직에 몸담고 있다는 사실은 그의 코트 마름질, 넥타이에 묶인 끈, 걸음걸이에서 풍기는 자기 만족감을 통해 알 수 있다. 녹색 블라인드는 그 자체가 그에게서 서머싯 하우스[34] 풍을 느끼게 한다.

잘 들어보라! 마차 소리다! 그 집주인과 같은 사무실에서 일하는 깔끔한 차림의 젊은 하급 서기 청년이 도착한다. 감기와 티눈을 달고 사는 이 청년은 코트 주머니에 신발을 넣은 채 코가 천으로 된 장화를 신고 왔다. 현관에 도착하자마자 코트 주머니에서 신발을 꺼내 신는다. 청년은 푸른 코트를 입고 또 다른 손님을 맞으러 가던 남자에 의해 이름이 호명되고 도착을 확인받는다. 이 푸른 코트를 입은 사내는 집주인이 일하는 사무실에서 나온 사람이며 잠시 안내원으로 위장했다.

첫 번째 계단 층계에 있던 남자가 그를 응접실로 안내한다. "튜플 씨입니다." 안내원이 소리친다. "어서 오시게, 튜플?" 난롯가에서 정치 얘기를 하며 자신을 뽐내던 집주인이 난로를 벗어나며 말한다. "오! 이 사람이 튜플이오." (안주인이 그에게 공손한 경의를 표한다). "오! 튜플. 이 아이가 나의 장녀 줄리아네." "튜플, 이 애들은 나의 또 다른 딸들이고, 이 아이는 나의 장남일세." 튜플 씨는 자신의 손을 세차게 비비며 정말 재미있다는 듯 미소를 짓는다. 그리고 가족 모두를 소개받을 때까지 연신 머리를 숙여 인사하고 주위를 이리저리 맴돈다. 집주인의 가족 소개가 끝난 후 그는 구석 자리의 소파에 미끄러지듯 앉아 젊은 숙녀들과 잡다한 대화를 나눈다—날씨, 연극, 옛날 일들, 최근의 살인 사건, 열기구 풍선, 숙녀들의 소매, 새해맞이 축제와 많은 주제의 담소를.

두 번씩 두드리는 노크 소리가 연이어 들려온다. 참으로 큰 파티다! 대화 소리와 커피의 홀짝거림이 정말 끊임없다! 이제 튜플 씨가 우리 눈에 들어온다. 그는 가장 잘 나가는 인물이다. 그는 방금 통통한 노부인을 대신해 그녀의 컵을 하인에게 건네주고 응접실 문 옆에 있는 젊은 남자들의 무리를 헤집고 들어가 다른 하인을 불러 세운 뒤 노부인의 딸에게 줄 머핀을 확보한다. 그리고 소파를 지나 다시 자리로 돌아가면서 젊은 숙녀들에게 인사를 건네며 애정의 눈길을 던진다. 마치 어린 시절부터 알고 지냈던 것처럼 거들먹거리며 아는 체를 한다.

정말 매력적인 튜플 씨—완벽한 여인들의 남자—는 또한 마음에 쏙 드는 동료이기도 하다. 하하! 사람들은 튜플 씨 반만큼도 집주인의 농담을 이해하지 못한다. 튜플 씨는 농담을 들을 때마다 매번 경련을 일으키며 웃는다. 가장 마음에 드는 협력자 튜플 씨! 늘 이야기를 즐긴다. 처음 대할 땐 다소 팔랑거리고 경솔하다는 생각이 들기도 하지만, 알고 보면 참으로 낭만적이고 감성이 풍부한 사람이다. 정말 사랑스러운 사람이다. 젊은 손님들은 그가 마음에 들지 않아 그를 비웃고 멸시하는 체를 하지만 그가 부러워서라는 걸 모두가 잘 안다. 어쨌든 그들이 힘들여 튜플 씨의 훌륭함을 깎아내릴 필요는 없다. 안주인이 앞으로 저녁 만찬 파티 때마다 그를 초대할 것이라고 말하기 때문이다. 그의 역할이라고는 단지 음식을 준비하는 중간중간 사람들에게 말을 걸어 주고, 예기치 않은 일로 주방의 음식 준비가 늦어질 때 사람들의 주의를 다른 곳으로 돌리는 것뿐이지만.

튜플 씨의 진가는 그날 밤 저녁 만찬에서 제대로 발휘되었다. 집주인이 모든 손님에게 한 해의 행복을 기원하며 잔을 채우자고 제안할 때 튜플 씨는 참으로 익살맞게도 군다. 도저히 마실 수 없다고, 다 마실 수는 없다고 여러 번 거절하는 젊은 숙녀들에게 잔을 채우라고 고집을 부린다. 그리고 집주인이 새로운 한 해의 행복을 위해 잔을 채우자고 할 때면 튜플 씨는 자신이 몇 마디 할 수 있게 해달라고 간청한다. 그리고는 지나가는 한 해와 다가오는 한 해에 대해 상상으로만 가능할 것 같은 최고로 멋지면서도 시적인 연설을 한다. 건배한 잔들을 비우고 숙녀들이 자리를 뜨면 튜플 씨는 신사들의 잔을 채울 수 있게 영광을 베풀어 달라고 부탁한다. 건배할 일이 있기 때문이다. 그러면 신사들은 "좋소, 좋소!"라고 소리를 지르며 와인 잔을 순서대로 돌린다. 자신의 순서를 기다리던 집주인이 모든 잔이 찼다고 말하면 튜플 씨는 자리에서 일어나 그날 밤 응접실의 눈부신 고상함과 아름다움이 그들을 참으로 즐겁게 한다고, 그들의 오감을 매료시킨다고, 그들의 마음을 사로잡는다고 정중히 말해준다. 또 그 응접실에 있었던 여성들의 사랑스러움에 마음을 빼앗겨버렸다고 말한다. ("옳소, 옳소!" 맞장구치는 소리가 크게 들린다) 튜플 씨는 숙녀들이 없으면 슬퍼하는 경향이 있다. 다른 한편으로는 그렇기 때문에 건배할 수 있게 되었다는 것을 위안으로 삼을 수밖에 없다. 만약 숙녀들이 그 자리에 있었다면—그가 간청하는 건배의 말—"숙녀 여러분!"(큰 박수 소리가 난다)을 외치며 술잔을 돌리지 못했을 것이다. 참으로 멋진 숙녀들이다! 그들 중 집주인의 매혹적인 딸들은 아름다움과 재능과 우아함이 누구보다 출중하다. 튜플 씨는 그 딸들에게 "숙녀 여러분, 멋진 새해 맞으세요!"라고 말하며 잔을 다 비울 것을 간청한다. (기나 긴 찬성의 목소리가 스페인 춤을 추는 숙녀들의 시끄러운 소리 위로 또렷이 들린다).

건배 때문에 박수 소리가 좀처럼 가라앉지 않는다. 그때 허리까지 오는 분홍색 조끼를 입고 탁자 구석진 곳에 앉아 있던 한 젊은 신사가 보인다. 그는 안절부절못하며 가만있지를 않는다. 그리고 그의 건배라는 한마디 말 속에는 자신의 감정을 표현하고자 하는 숨은 욕망이 강하게 피력되어 있다. 이것을 간파한 튜플 씨는 자신이 먼저 말을 꺼내 경계심이 없도록 미리 방지하기로 한다. 그래서 튜플 씨는 근엄하게 다시 자리에서 일어나 또 다른 건배를 제안해도 될 것 같다고 믿는다. 튜플 씨는 전폭적인 찬성을 얻고 건배를 청한다. 튜플 씨는 손님들이 훌륭한 집주인과 안주인의 환대에 틀림없이 깊은 감명을 받았을 것으로 확신한다. 튜플 씨는 그 파티의 화려함을 말할지도 모른다(끝없는 박수갈채가 나온다). 튜플 씨는 이런 저녁 만찬 테이블에 앉는 즐거움과 기쁨이 처음이지만 친구 도블과는 사업상의 관계로 오랜 시간 친하게 지낸 사이다. 튜플 씨는 여기 모인 모든 사람이 친구 도블을 자신만큼 알아주기를 바랐다. (주인이 기침을 한다) 튜플 씨는 가슴에 손을 얹고 이 세상을 사는 동안 친구 도블보다 멋진 남자, 남편, 아버지, 형제, 아들, 지인은 본 적이 없다고 확신에 찬 믿음을 선언한다. ("옳소!"하는 큰 소리가 들린다) 오늘 저녁 여기에 모인 사람들은 단란한 가족과 함께하는 친구 도블을 본다. 그들은 아침이면 힘든 사무실 업무에 매달리는 그를 봐야 한다. 차분하게 아침 신문을 정독하고, 단호하게 서명을 하고, 특이한 의뢰인의 질문에 품위 있게 답장을 하고, 상관에게 공손하고, 배달원에게 위풍당당함을 내비치는 그를 봐야 한다 (환호 소리가 나온다). 튜플 씨가 친구 도블의 뛰어난 자질에 대해 이에 걸맞은 증언을 했으니 도블 부인에 대해서는 또 어떤 말을 할 수 있을까? 튜플 씨가 정감 있는 도블 부인의 성품에 대해 굳이 자세한 설명을 할 필요가 있을까? 필요 없다. 튜플 씨는 친구 도블이 자신의 감정을 표현할 필요가 없도록 할 것이다. 만약 도블이 그에게 도블 주니어라고 부를 수 있는 영광을 허락해 준다면 친구 도블은 자신의 감정을 말하지 않아도 될 것이다 (여기 있는 도블 주니어는 조금 전까지 아주 질 좋은 오렌지 하나를 입속에 쑤셔 넣는 바람에 입이 상당히 부풀어 있었다. 지금은 아주 슬픈 표정이지만 입 모양새는 정상이다). 튜플 씨는, 지금껏 본 여자들과 도블 부인은 비교가 안 되듯이 (그녀의 딸을 빼고) 친구 도블 역시 그 어떤 남자들보다 뛰어나다고 간단히 말할 것이다—튜플 씨는 자신의 얘기를 듣는 사람이라면 누구나 자신의 말에 기꺼이 동의하는 분위기라는 것을 확신하고 있다—그리고 튜플 씨는 훌륭한 "집주인과 안주인님, 앞으로도 멋진 새해를 많이 맞으

소서!"라는 말을 제청하며 그의 연설을 마친다.

사람들은 갈채를 보내며 잔을 들이켠다. 도블이 감사의 답례를 하고 숙녀들도 응접실로 다시 돌아와 파티에 합류한다. 저녁 만찬 전에는 쑥스러워서 춤을 추지 못했던 젊은 남자들도 다시 입을 열고 함께 춤출 파트너를 찾는다. 한자리에 모인 사람들이 춤을 추기 위해 무대로 나가자 연주자들은 새해 기분에 취한 빛이 역력하다. 춤은 새해 첫날 늦은 아침까지 계속된다.

앞 문장의 마지막을 다 끝내지 못했다. 밤 12시, 12번의 타종 중 첫 번째 종소리가 인근 교회로부터 들려온다. 우리는 이제 고백을 해야만 한다. 그 소리에는 분명 끔찍한 어떤 것이 있다. 엄격히 말하자면, 그 소리는 그 어떤 때보다 마음에 새겨진다. 너무 빨리 시간을 도둑맞기 때문이다. 도둑맞는 줄도 모를 만큼 빠르게 가기 때문이다. 그런데 우리 인간의 삶은 시간으로 측정되지 않던가! 그 엄숙한 종소리는 우리에게 삶과 죽음 사이에 서 있는 이정표 중 또 다른 하나를 지나쳤다고 경고한다. 그렇듯 그런 마음은 숨기자. 그렇지 않으면 마음속에서는 반성의 강요가 일어날 것이고, 다음 종소리가 새해의 도래를 선언할 때면 우리가 너무도 자주 무시해 왔던 시간의 경고에, 그리고 지금 우리 마음속에 자라나는 이 따뜻한 감정에 무감각해질지도 모른다.

1812년 2월 7일 포츠머스 출생.

1824년 아버지가 빚으로 감옥에 수감된 후 어려워진 가정형편으로 인해 학업을 중단하고 구두약 공장에서 일함. 아버지가 출감하면서 다시 학교로 복귀.

1827년 웰링턴 하우스 아카데미를 졸업하고 런던의 법률사무소에 입사.

1833년 '보즈'라는 필명으로 단편 스케치들을 집필하기 시작.

1836년 첫 단편집《보즈의 스케치 *Sketches by Boz*》출간. 캐서린 호가스와 결혼.

1837년 첫 장편소설《피크윅 문서 *The Posthumou Papers of the Pickwick Club*》출간.

1838년《올리버 트위스트 *The Adventures of OliverTwist*》출간.

1841년《오래된 골동품 상점 *The Old Curiosity Shop*》과《바너비 러지 *Banaby Rudge*》출간.

1843년《크리스마스 캐럴 *A Christmas Carol*》출간.

1850년《데이비드 코퍼필드 *David Copperfield*》완성. 주간지《늘 쓰는 말들》창간.

1851년 자신이 직접 이끌던 극단과 함께 빅토리아 여왕 앞에서 연극을 공연함.

1854년《어려운 시절 *Hard Times*》출간.

1859년《두 도시 이야기 *A Tales of Two Cities*》출간. 주간지《1년 내내》창간.

1861년《위대한 유산 *Great Expectations*》출간.

1870년 6월 9일 뇌내출혈로 사망. 미완성 작품《에드윈 드루드의 미스터리 *The Mystery of Edwin Drood*》을 남김.

1 성서에서 야곱이 꿈에서 보았다는 사다리 이름

2 『아라비안 나이트』에 나오는 부자 버머사이드는 진미라고 하며 빈 그 롯만 내놓는다.

3 꼭두각시 인형. 막대기로 된 펀치의 팔은 따로 놀아서 다른 꼭두각시 인형들이 그의 팔에 얻어맞는 일이 허다하다.

4 알파벳을 배우는 아이들을 위해 만든 동요.

5 페르시아의 왕.

6 악처로 유명한 소크라테스의 아내.

7 프랑스 오누아 백작 부인이 쓴 동화 속 악당.

8 16세기 런던의 유명한 이야기꾼.

9 1839년 피터 롱그빌이 쓴 『로빈슨 크루소』와 비슷한 작품.

10 토머스 데이의 소설 『샌포드와 머튼』에 나오는 인물들. 발로 선생이 농부의 아들 샌포드를 이용해 부잣집 아들 머튼의 버릇을 고친다는 이야기.

11 극장에서 방향제로 사용했다.

12 프랑스 극작가 픽세레쿠르의 「몽타르지의 충성스러운 개」는 영어로 각색되어 1814년 런던에서 초연됐다.

13 에드워드 4세의 정부로 마녀로 몰려 공개적으로 고해를 함. 여기서는 니콜라스 로웨의 연극 「제인 쇼어」의 고해 장면을 묘사하고 있다.

14 조지 릴로의 희곡 「런던의 상인」(1731년)의 주인공.

15 「햄릿」 2막 2장의 대사.

16 로마의 시인. 두 사람의 작품은 19세기 영국 학생들의 필수 과목이 었다.

17 로마의 희극 작가.

18 조지 3세의 왕비.

19 조지 3세를 가리킴. 말년의 정신장애로 '미치광이 왕'으로 알려짐.

20 누가복음 22장 19절. 예수가 최후의 만찬에서 한 말.

21 살인 사건을 소재로 한 워싱턴 어빙의 소설 『독일 학생의 모험』에 나 오는 주인공. 그는 자신이 죽인 여인과 사랑을 나눈다.

22 흔히 그 줄기를 크리스마스 장식에 쓰는 덩굴식물.

23 그리스 로마 신화의 크로노스. 한 손엔 모래시계를 한 손엔 낫을 든 것으로 묘사된다.

24 묘지.

25 어릴 때 죽은 디킨스의 딸 도라를 암시함.

26 디킨스의 조카 해리를 암시함.

27 기도서에 나오는 '익사한 자의 장례식에서 읽는 기도문'의 한 구절.

28 디킨스의 아내 캐서린의 여동생 메리 호거스를 암시. 열일곱 살 되던 해에 갑자기 디킨스의 집에서 죽었다.

29 마가복음에 나오는 가버나움의 회당장. 딸이 예수에 의해 소생함.

30 1835를 잘못 기술한 것임.

31 일종의 개조된 기름 램프.

32 '라우츠' 또는 파티에 사용되는 가구류.

33 4명 또는 그 보다 많은 짝이 네모꼴을 이뤄 춤을 추는 파티.

34 런던 스트랜드가에 있는 정부 건물로 이곳에서 많은 서기들이 일했다.